contos do cemitério
Sob o sol poente

CB070308

Yak Rivais

contos do cemitério
Sob o sol poente

Ilustrações Yak Rivais

Tradução
Vera Ribeiro

JOSÉ OLYMPIO
EDITORA

Título do original em francês
CONTES DU CIMETIÈRE AU SOLEIL COUCHANT

© *1977 by Éditions Nathan – Paris, France*
para a primeira edição
© *2002 by Nathan/VUEF – Paris, France*
para a presente edição

Reservam-se os direitos desta edição à
EDITORA JOSÉ OLYMPIO LTDA.
Rua Argentina, 171 – 1º andar – São Cristóvão
20921-380 – Rio de Janeiro, RJ – República Federativa do Brasil
Tel.: (21) 2585-2060 Fax: (21) 2585-2086
Printed in Brazil / Impresso no Brasil

Atendemos pelo Reembolso Postal

ISBN 85-03-00838-6

Capa: LEONARDO IACCARINO
Ilustrações: YAK RIVAIS

CIP-Brasil. Catalogação-na-fonte
Sindicato Nacional dos Editores de Livros, RJ.

R517s Rivais, Yak, 1939-
 Contos do Cemitério: Sob o sol poente / [texto e ilustrações] Yak Rivais; tradução de Vera Ribeiro. – Rio de Janeiro: José Olympio, 2004.
 . – (Contos do cemitério)

 Tradução de: Contes du cimetière: Au soleil couchant
 ISBN 85-03-00838-6

 1. Literatura infanto-juvenil. I. Ribeiro, Vera. II. Título. III. Série.

04-3206
CDD – 028.5
CDU – 087.5

"*Quanto mais gente* pincada,
maior a diversão."

(Provérbio *adiota*)

SUMÁRIO

Prólogo 9

1. Os anões pretos 13
2. Annick e a mão do diabo 31
3. O pulôver da assombração 49
4. A Senhorita Meta-se Com a Sua Vida 71
5. O braço do vampiro 109
6. O drakk 119
7. Nada de dente-de-leão para Jean-Marie 131

Epílogo 155

É então que os esqueletos tornam audível sua música, chacoalhando os ossos.

PRÓLOGO

As sepulturas do Cemitério de São Patrício brilham ao sol poente. Tudo parece tranqüilo. É a hora em que a salamandra sai de sua toca, a hora em que os sapos tocam flauta, protegidos pelos cogumelos venenosos, a hora em que os defuntos começam a conversar.

Em sua cripta abobadada, o vampiro ajeita sua capa vermelha. Os fogos-fátuos[1] animam-se atrás dos ciprestes. O campanário da igreja repica, fazendo um último chamado à prudência. Blão! Blão! Blão! Humanos, não saiam mais! — badala o sino.

É então que os esqueletos tornam audível sua música, chacoalhando os ossos. Cravam os den-

---
[1]Fogo-fátuo: luminosidade provocada pela combustão de gases de origem orgânica. (*N. da E.*)

tes nas raízes dos dentes-de-leão. Os anões pretos saem para limpar seus tesouros, enquanto um diabo vermelho se esforça por roubar a sombra dos passantes. O drakk aterrorizante rasga o ventre da terra, as assombrações surgem num frio glacial e a própria Morte, armada com sua foice cortante, tenta levar uma garotinha!

Blão! Blão! Blão! — ressoa o sino. Humanos, fiquem em suas casas! Não abram a porta para ninguém! E, acima de tudo, não venham ao cemitério!

— Temos de tirar esta sujeira!

OS ANÕES PRETOS   1

Habitualmente, quando alguém espirrava, Steven exclamava: "Saúde!" Mas, ao ouvir o primeiro espirro saído de um túmulo do cemitério, tamanha foi sua surpresa que ele ficou boquiaberto na alameda.

— Atchim! — gritara alguém.

E, ao mesmo tempo, um jato de poeira negra havia escapado por baixo da laje sepulcral. Steven não ousou mais se mexer. A nuvenzinha de poeira dissipou-se. Um segundo espirro soou a dez passos dali, seguido de uma cusparada de poeira negra:

— Atchim!

Dessa vez, Steven sorriu. "Parece que os defuntos se resfriaram", murmurou. E decerto teria dito "Saúde!", se um terceiro espirro não

houvesse seguido de perto o segundo, acompanhado por uma detonação de pó:

— Atchim!

Afinal, quem estava espirrando? Ruídos de vozes provinham de uma capela:

— Droga! Peguei mais um resfriado!

— Eu também, tirititica!

— É por causa das correntes de ar!

Steven esgueirou-se rapidamente para trás de uma laje sepulcral e ficou esperando.

— Uu... Uu... — murmuraram os defuntos nas covas do cemitério —, vai acontecer alguma coisa.

— Uu... Uu... sempre acontece alguma coisa no Cemitério de São Patrício ao cair do sol...

— Uu... Uu... nem dá tempo de nos chatearmos.

Steven balançou a cabeça. Que tagarelas! Na rua Bretanha, todo o mundo sabia que os mortos do cemitério falavam. E daí? Os vivos não sofriam nada com isso...

— Cuidado! — disse Steven, de repente, porque havia três anões saindo da capela.

Vestidos de preto, batiam nas laterais do corpo para expulsar da roupa lufadas de poeira negra, e espirravam:

— Atchim! Porcaria de poeira!

— Tirititica! Estou cheio dela na boca e no nariz!

— Acho que tenho pó até no traseiro!

Os três anões caíram na gargalhada. Steven observou que tinham o rosto e as mãos todos borrados de preto.

— É essa droga de carvão! — resmungou o primeiro.

— Não há como escapar dele! — grunhiu o segundo.

— Temos de tirar esta sujeira! — disse o terceiro.

Em seguida, os anões treparam nos ombros uns dos outros para inspecionar o cemitério.

— Tudo bem! — disse o que se instalara no alto da pirâmide. — Não há mais ninguém!

Os três pularam para a alameda e se encaminharam para o fundo do cemitério, dando tapas nas costas. Uma nuvem negra os cercava.

Steven seguiu-os, escondendo-se na sombra dos túmulos. Ia prendendo a respiração...

— Uu... Uu... — murmurou um morto —, vai haver diversão...

— Uu... Uu... cale a boca, se não quiser estragar tudo, imbecil! — reagiram vários outros.

— Uu... Uu... — protestou o primeiro morto —, o que foi que eu disse de errado?

— Uu... Uu... ora, fique quieto! — retrucaram os outros.

— Uu... Uu... não digo mais nada — resmungou o primeiro entre os dentes, contrariado.

Calou-se. Os anões fizeram uma pausa junto à torneira, no lugar em que as famílias apanhavam água para regar as plantas que floriam as sepulturas.

— Saquei! — murmurou Steven, divertido. — Eles vão tomar banho!

Os anões pretos jogaram seus gorros de lã numa laje sepulcral. Tiraram os paletós...

— Vão ficar pelados! — caçoou Steven.

Mas não. Os anões pretos ficaram com as calças e se contentaram em lhes sacudir a poeira com petelecos vigorosos. A poeira flutuava em volta deles como uma nuvem de fumaça, e os três espirravam cada vez mais.

— Atchim! Atchim! Atchim!

No fim, tiraram dos bolsos uns lenços sujos, que desdobraram com cuidado. Cada um retirou do seu uma pedrinha preta.

— Carvão? — perguntou-se Steven.

O sol esticava as sombras e o menino estava longe demais para identificar as pedras. Pôs-se a rastejar pela grama. Levantou a cabeça ao chegar à laje sepulcral em que estavam as roupas dos anões. Os pequenos personagens gritavam e riam, em volta da torneira que o primeiro acabara de abrir. Borrifavam água sobre o corpo...

— Uu... Uu... — murmurou o primeiro defunto, aquele que falara pouco antes —, o que é que eles estão fazendo?

Uu... Uu... contente-se em olhar! — responderam os outros.

— Uu... Uu... mas não estou dizendo nada! — protestou o primeiro.

— Uu... Uu... cale a boca! — retrucaram os outros.

— Uu... Uu... — defendeu-se o primeiro —, eu nem sequer disse que o menino...

— Uu... Uu... feche a matraca! — cortaram os outros. — Você vai estragar tudo!

O primeiro defunto calou-se e os outros também. Os anões, ocupados com sua higiene, não haviam prestado atenção aos mexericos dos mortos. Foi uma sorte! Caso contrário, teriam ficado sabendo que havia um "menino" no cemitério. Steven franziu os lábios:

— Que fofoqueiros!

Os três anões lavaram suas pedrinhas. O primeiro exibiu a dele, levantando o braço em direção ao sol vermelho:

— Admirem só isto!

— Formidável! — aprovou o segundo. — Olhe o meu, tirititica!

— E o meu, então! — reivindicou o terceiro.

Steven conteve uma exclamação. As pedras faiscavam: eram diamantes!

— Uu... Uu... — murmurou o primeiro morto —, eles têm umas pedras bem bonitas...

— Uu... Uu... cale-se! — intervieram os outros.

— Uu... Uu... mas eu tenho o direito de dizer que...

— Uu... Uu... coisa nenhuma!

— Uu... Uu... mas, o menino...

— Uu... Uu... silêncio! Feche a matraca!

Os defuntos calaram-se. Felizmente, mais uma vez, os três anões, depois de depositarem os diamantes perto de suas roupas empilhadas, haviam começado a fazer sua toalete, rindo. Soltavam gritos e espirravam água uns nos outros. O garoto não hesitou. Estendeu a mão como uma pequena serpente e surrupiou os diamantes. Colocou-os num dos bolsos da calça e escorregou para trás, para fugir dali.

— Uu... Uu... — murmurou o primeiro morto —, vocês viram isso? Ele roubou os diam...

— Uu... Uu... ora, feche a matraca! — exclamaram os outros.

— Uu... Uu... que foi que eu disse de errado?
— Uu... Uu... você fala demais! Cale a boca!
— Uu... Uu... só comentei que o menino tinha roubado os diamantes dos an...
Os três anões interromperam subitamente o banho. Viraram para trás:
— Quê?
— Uu... Uu... está vendo o resultado da sua deduração? — protestaram os defuntos insatisfeitos.
— Uu... Uu... — defendeu-se o primeiro —, só comentei que o garoto...
Os três anões giraram o corpo, atentos:
— Um garoto? Mas onde?
Pularam para seus paletós e boinas, a fim de se vestir. O primeiro gritou:
— Meu diamante!
O segundo gritou:
— Meu diamante!
O terceiro gritou:
— Meu diamante!
— Desapareceu! — constatou o primeiro.

— Foram roubados, tirititica! — avaliou o segundo.

— Foi o garoto! — deduziu o terceiro.

Giraram em torno da sepultura enquanto voltavam a se vestir. Como tinham esquecido de fechar a torneira, a água continuou a correr.

— Uu... Uu... eles vão achar o ladrão — murmurou o primeiro defunto.

— Uu... Uu... quer fechar a matraca? Vai fechá-la ou não? — reagiram os outros.

Enquanto isso, Steven tinha ziguezagueado por entre as pedras tumulares. Chegara ao centro do cemitério. Os anões berravam:

— Nossos diamantes! Pega ladrão!

Atiraram-se pelas alamedas tão depressa quanto lhes permitiam suas perninhas.

— Pega ladrão! Temos de encontrá-lo!

O menino, grudado à parede de uma capela, na sombra, viu passar um deles. Não podia permanecer ali. Mais cedo ou mais tarde, o bando o localizaria. Assim, sem fazer barulho, escalou uma laje de granito e se posicionou no alto dela. Ajoelhou-se, assumiu uma pose de estátua, pa-

recida com outros monumentos, com a cabeça entre as mãos em sinal de desespero. Não se mexeu mais...

— Uu... Uu... — murmurou o primeiro defunto —, viram só? O menino se disfarçou de estátua.

— Uu... Uu... feche a matraca, imbecil! — gritaram os outros.

Os três anões haviam se reunido na extremidade da alameda principal. Conferenciavam:

— Ele se disfarçou de estátua! — disse o primeiro.

— Não será fácil encontrá-lo. Há muitas estátuas aqui, tirititica!

— São todas parecidas! — acrescentou o terceiro.

— Não! — retificou o que devia ser o chefe. — É fácil descobrir uma estátua falsa!

— Como? — perguntou o segundo.

O primeiro puxou seus dois colegas pela gola do paletó:

— É só jogar pedras nelas! Entenderam?

— Não — confessou o segundo.

— Não — confessou o terceiro.

— Palermas! — xingou o primeiro, que estava perdendo a paciência. — Jogaremos pedras nas estátuas! Em todas as estátuas! Entenderam?

— Não — confessou o segundo.

— Não — confessou o terceiro.

— Ai, ai, ai, vou ficar irritado! — gritou o primeiro, batendo com o calcanhar no chão. — Jogaremos pedras nas estátuas! Se vocês ouvirem um barulho de pedra, é porque será uma estátua! Mas, se ouvirem alguém gritar "Ai", será nosso ladrão!

Os outros dois finalmente compreendiam:

— Ah, sim! Boa idéia!

— Avante! — comandou o chefe do trio. — Cada um para seu setor!

Todos os três se puseram em marcha, em três direções diferentes. Recolheram lascas de pedra, que iam atirando nas estátuas: elas batiam fortemente com um barulho seco.

— Vão me encontrar! — inquietou-se Steven.

Apalpou os diamantes no bolso, mas enganou-se de bolso:

— Hein?

Bolas de gude! Segurou uma delas entre o polegar e o indicador e retomou sua pose de estátua. Vinha justamente chegando um anão. Ele se deteve. Steven já não se mexia nem respirava. O anão fez mira. De repente, atirou sua pedra. Steven trincou os dentes para não gritar, ao recebê-la nas costelas. Em vez disso, soltou sua bola de gude na pedra tumular embaixo do corpo. Ping! Um barulho de pedra. O anão acenou com a cabeça, satisfeito. Seguiu seu caminho, para levar a investigação um pouco mais longe...

— Uu... Uu... — murmurou o primeiro defunto —, o menino é esperto que só ele, vocês vir...

— Uu... Uu... feche a matraca! — protestaram os outros. — Trate de calar a boca, idiota!

— Uu... Uu... mas eu não disse nada...

— Uu... Uu... feche a matraca! Feche a matraca! Feche a matraca!

Os três anões se reencontraram na outra extremidade do cemitério. O garoto aproveitou a chance para deslizar de mansinho para o chão. Rastejou pela sombra. Os anões conferenciavam:

— Não vi nenhum humano! — disse o primeiro.

— Nem eu — confessou o segundo.

— É estranho — murmurou o terceiro — todas essas estátuas...

— O quê? — perguntou o primeiro.

— Todas ela vestem uma espécie de roupa comprida, cheia de pregas...

— É claro! — interrompeu o primeiro, exasperado. — São personagens de cemitério!

— É verdade — concordou o terceiro — só que eu vi uma de *jeans* e...

— É ele! — exclamou o primeiro! — Onde? Onde? Depressa!

— Por ali — disse o terceiro, com um gesto vago.

— Uu... Uu... eles não vão achá-lo — disse, entre risinhos, o primeiro defunto — porque ele mudou de lugar...

— Uu... Uu... por que é que você foi falar? — exclamaram os mortos. — Mas, afinal, vai ou não vai fechar a matraca?

Os anões haviam estancado, atentos. O primeiro deteve os outros dois:

— O ladrão mudou de lugar.

— Uu... Uu... está vendo o que você fez? — rosnaram os mortos, enfurecidos.

— Uu... Uu... — defendeu-se o linguarudo —, não é culpa minha...

— Uu... Uu... você está estragando a brincadeira! Não pára de denunciar o garoto! Isso não é justo!

— Uu... Uu... mas eu não...

— Uu... Uu... bico calado!

Os anões espicharam a orelha, na expectativa de um movimento do menino. Steven, por sua vez, não se mexia mais, agora grudado ao muro do cemitério, atrás dos ciprestes. De repente, agachou-se, apanhou uma pedra e jogou-a o mais longe possível. Ela rolou sobre o cascalho de uma alameda...

— Por ali! — gritaram os três anões.

Saíram correndo nessa direção. Procuraram por toda parte, enquanto o sol acariciava o campanário da Igreja de São Patrício.

— Uu... Uu... — caçoou o primeiro defunto —, o garoto os tapeou direitinho! Vocês viram? Jogou uma pedra para fazê-los acreditar que...

— Uu... Uu... você vai calar a boca ou não vai? — irritaram-se os mortos. — Feche a matraca, senão a coisa vai ficar preta!

O outro calou-se, resmungando. Os anões tinham-se reunido. O primeiro ponderou:

— Vocês ouviram? Ele está atirando pedras longe, para nos fazer pensar que está lá!

— Sim! Sim! — concordaram os outros dois.

— Mas não está!

— Não! Não!

— Portanto, se ele jogar uma pedra no norte, por exemplo, será para nos fazer achar que está no norte, quando, na verdade, estará escondido no sul! Entenderam?

— Sim! Sim!

— Silêncio! — exigiu o primeiro anão. — Vamos esperar.

Steven não perdera nada da conversa secreta dos três. Rindo sem parar, pegou uma pedra grande. Tomou impulso, mas, em vez de atirá-lo longe, jogou-o para o alto, acima dele. A pedra caiu a menos de três passos na alameda. Os três anões gritaram:

— Lá! O barulho veio do oeste! O ladrão está tentando nos atrair para lá! Logo, está no leste, tirititica!

Correram na direção suposta, berrando. O menino aproveitou para se esgueirar pelo muro até a grade de entrada. Estava aberta. Ele saltou para fora.

Os mortos murmuraram:

— Uu... Uu... vocês viram o que ele... — começou o primeiro.

— Uu... Uu... silêncio! Nem mais uma palavra! Nem mais uma palavra, senão...

— Uu... Uu... eu...

— Uu... Uu... chega! Feche a matraca!

Steven saíra do cemitério. Ainda pegou umas dez pedrinhas na calçada e jogou-as por cima do muro, em direções opostas. Os anões pretos guinchavam do outro lado do muro:

— Por aqui! Por ali! Não, por lá! Por aqui!

Deviam estar correndo em todas as direções, tirititica. Os defuntos riam.

Steven tomou tranqüilamente a direção da rua Bretanha, com os diamantes no bolso. Abriu a porta do edifício, subiu para sua casa e tomou sua sopa. Antes, havia lavado as mãos. Tratem de fazer como ele antes de se sentarem à mesa.[1]

---

[1] Os anões deixaram aberta a torneira do cemitério. Seria bom pensar em ir lá fechá-la.

ANNICK E A MÃO DO DIABO 2

Annick estava no cemitério. Sentada na grama, brincava com sua boneca, enquanto a mãe ia buscar água para as flores. Apareceu alguma coisa sobre uma sepultura. A menina arregalou os olhos e escancarou a boca:

— Oh! Uma mão!

Era uma mão humana, passeando sozinha sobre a laje sepulcral, como um esquilo. Annick caiu na gargalhada. A mão, cortada bem junto do punho, saltitava sobre os dedos, fazendo acrobacias.

— Ela é engraçada! — aprovou a menina.

Já ia se levantando para contemplar o prodígio, quando descobriu um personagem bem atrás dela. Era todo vermelho e chifrudo, com uma barbicha pontuda e uma cauda terminada

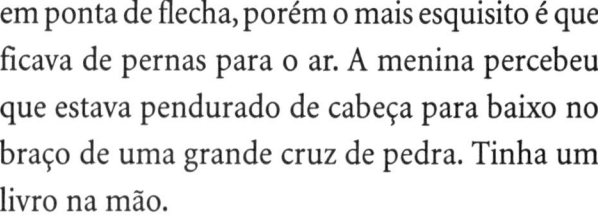

em ponta de flecha, porém o mais esquisito é que ficava de pernas para o ar. A menina percebeu que estava pendurado de cabeça para baixo no braço de uma grande cruz de pedra. Tinha um livro na mão.

— *Hello*! — disse o personagem chifrudo.

— Olá! — respondeu Annick. Depois, interessada: — Como você faz para ficar de cabeça para baixo?

— Essa é minha postura natural — respondeu o outro. — É excelente para a circulação do sangue no cérebro.

— É, mas não deve ser muito prático para guardar coisas nos bolsos — observou Annick, educadamente.

— É uma questão de treinamento — respondeu o outro.

Annick levantou-se. Seu rosto ficou no nível do rosto invertido do indivíduo chifrudo.

— Que livro é esse? — indagou a garotinha, curiosa.

— Um sombrário.

— Um o quê?

— Um sombrário. É parecido com um herbário. Já ouviu falar de herbários?

— Sim, na escola. Servem para classificar as plantas.

— *Okay*! — disse o personagem esquisito, que às vezes falava um inglês americano de botequim. — Eu lhe explico: um sombrário serve para classificar sombras.

— Sombras de pessoas?

— Falou e disse. Olhe só: você compreenderá melhor.

Sempre pendurado pelos pés na cruz de pedra, o sujeito esquisito estalou dois dedos de sua mão livre. A mão, que saltitava na pedra tumular com passinhos curtos feito um lagostim, endireitou-se subitamente, atenta.

— Olhe! — repetiu o chifrudo. — *Look*![1]

A menina viu a mão saltar da sepultura para a alameda.

— Ela é muito ágil! — aprovou Annick. — Parece um furão!

---
[1] Olhe!

A mão saltitou pela alameda. Ao vê-la aproximar-se de seus tênis, porém, a menina recuou instintivamente...

— Não tenha medo — disse o indivíduo de chifres compridos.

— Não quero que ela me faça cócegas! — defendeu-se Annick, rindo.

Havia posto a boneca embaixo do braço.

— Ela não lhe fará cócegas — prometeu o personagem pendurado. — Olhe bem o que vai acontecer!

A menina ficou imóvel. A mão contornou a sola de seu tênis direito.

— O que ela está fazendo?

— Olhe e *shut up*!²

A mão começou a girar em torno do tênis esquerdo. Rodopiou e ficou de pé sobre o dedo mindinho. O polegar e o indicador agarraram a ponta da sombra da menina e, zás!, a mão recuou, carregando a sombra!

— Ora, essa! — exclamou Annick. — O que é que ela...?

---
²Cale a boca!

— Espere! — disse o chifrudo vermelho. — *Wait and see!*[3]

A menina arregalou os olhos. Sobre a pedra tumular na qual tornara a subir, a mão tremia feito um louva-a-deus, apoiada nos dois últimos dedos. E dobrou a sombra com os outros três! Plic-plac-ploc! Em dois, em quatro, em oito, em dezesseis! Até em trinta e dois! A sombra ficou do tamanho de um cartão-postal.

— Ora, essa é boa! — admitiu Annick, admirada.

— E você ainda não viu nada! — disse o pavoroso chifrudo pendente.

A mão havia-se postado embaixo dele. O chifrudo desceu um dos braços, pegou a sombra e a enfiou, dobrada, entre as páginas de seu livro.

— *All right!*[4] — aprovou.

Annick aplaudiu, sem desconfiar de nada, com a boneca embaixo de um dos braços.

---

[3]Espere só para ver!
[4]Muito bem!

— Será que o espetáculo lhe agradou? — perguntou o personagem vermelho, enquanto a mão se agachava sobre os dedos fechados, para descansar.

— Foi formidável! — apreciou Annick.

— Bom, então, *bye-bye*![5] — disse o chifrudo vermelho, dobrando-se para cima, para se retirar.

— Um momento! E a minha sombra?

O Diabo, pois era um diabo, sem sombra de dúvida, deteve o movimento de se enroscar, com um ar embaraçado:

— Sua sombra? Vou guardá-la no meu sombrário. *Okay*?

— Mas...

— Devolvo-a quando chegar a sua hora final, em troca da sua alma. Amigos, amigos, negócios à parte! Ha-ha-há!

Fez uma pirueta e pulou no chão, melhor do que um campeão de barra fixa. Enterrou-se no chão feito uma cenoura enorme, cavando seu

---

[5]Adeusinho!

próprio buraco. A mão o acompanhou. A menina ficou sozinha, com a boneca embaixo do braço, mas sem sombra. Um véu de fumaça azeda e sulfurosa, que escapava do buraco, fez suas narinas tremerem.

— É abusado, esse aí! — murmurou Annick, perplexa.

O buraco tinha se fechado como um diafragma de máquina fotográfica. A menina pôs a boneca sobre uma sepultura. Deu alguns passos pela alameda, fitando seus pés despretensiosamente...

— Ladrão de sombras! — exclamou.

Cerrou os punhos e os fincou nos quadris:

— Isso não vai ficar assim!

Foi postar-se acima do buraco tampado. Bateu com o calcanhar no chão:

— Ei! Chifrudão! Apareça! Tenho duas palavrinhas para lhe dizer, seu ladrão ordinário!

O outro reapareceu. Sempre de cabeça para baixo, estava agarrado pelos pés no braço estendido de uma estátua alta de anjo.

— Aqui estou! — disse, com o sombrário na mão. — *How do you do?*[6]

— Você não tem o direito de tirar minha sombra!

— Estávamos só brincando — desculpou-se o outro.

A mão também havia voltado. Mirava-se no mármore polido da laje tumular, sob os últimos raios do sol. O Diabo retomou a palavra:

— Proponho-lhe um negócio — disse.

— Que negócio?

— Um negócio sensacional! *Wonderful! Marvellous!*[7]

— Primeiro, devolva a minha sombra!

— Depois — disse o indivíduo de cauda em ponta de flecha. — Não quer ouvir minha proposta?

— Conversa fiada! — retrucou Annick.

— Você viu o que a mão é capaz de fazer?

---

[6]Como vai?
[7]Maravilhoso! Esplêndido!

Annick deu-lhe uma espiada. Em resposta, a mão ergueu-se sobre dois dedos, para lhe fazer uma espécie de reverência.

— Sim — admitiu Annick. — Ela não é uma mão qualquer.

— Era a mão de um ladrão — explicou o chifrudo. — Mas isso não tem a menor importância, *we don't care!*[8] Escute o que tenho a lhe propor. *Okay?*

— Estou escutando.

— Eu ordeno à mão que satisfaça os seus menores desejos e você deixa sua sombra comigo. *Business is business!*[9] *Okay?*

— Não. Quero a minha sombra.

— Mas, pense bem! — impacientou-se o chifrudo vermelho.

Deixou-se cair na base da estátua do anjo, onde permaneceu plantado, dessa vez de cabeça para cima.

— Reflita! A mão lhe dará tudo o que você desejar! Riqueza! Glória! Saúde! Felicidade!

---

[8]A gente não se incomoda!
[9]Negócio é negócio!

Tudo! Olhe! (Estalou dois dedos e ordenou:) Mão! Mãozinha! Traga-me um tesouro! *Quick*![10]

Mal ele havia proferido essa ordem, a mão pulou na alameda, escavando a terra com os cinco dedos. Enterrou-se nela e desapareceu. Antes que houvesse tempo de contar até dez, estava de volta, fazendo a terra desmoronar a seu redor como uma toupeira ao sair da toca, e trazia uma caixinha. Depositou-a na grama e arrancou o cadeado com um peteleco do indicador. A tampa se abriu. Pedras preciosas brilhavam na caixinha. A mão voltou para seu local de repouso, na laje de mármore negro. Limpou as unhas que a terra havia sujado.

O Diabo exultou:

— E então? Não é extraordinário, *baby*?

— Formidável — concordou Annick.

— Será que isso não vale o sacrifício de uma sombra? Pense bem! Para que serve uma sombra? Para nada! Não se pode nem mesmo

---

[10]Depressa!

ficar à sombra da própria sombra quando o sol bate!

— Isso é verdade — reconheceu Annick.

— *Well?*¹¹ Quer deixar sua sombra comigo, em troca dos poderes da mão? *Okay?*

A menina estava pensativa. Finalmente, declarou:

— Por que não? (E em seguida:) Ainda não resolvi. (E depois:) A mão seria capaz de fazer aparecer uma luva? Uma luva forrada bem grande, para o inverno?

— Que idéia engraçada!

— Ela não pode? — desconfiou Annick.

— Pode, sim! Ela pode trazer qualquer coisa, *stupid girl!*¹² Um bom par de luvas, se é essa a sua vontade! *Why not?*¹³

— E uma bolsa de couro — acrescentou Annick, quando o personagem singular preparava-se para estalar o dedo médio contra o polegar.

---

¹¹E então?
¹²Menina idiota!
¹³Por que não?

— O freguês é quem manda! — admitiu o Diabo, com um muxoxo de desprezo. (Estalou os dedos e reivindicou:) Mão! Mãozinha! Arranje-lhe um par de luvas de lã forrado e uma bolsa de couro! *Quick*!

Ergueu os ombros. A mão mergulhou no chão e tornou a se enterrar...

— Ela não demora a sair! — comentou o indivíduo de cauda comprida.

A terra já começava a se levantar. A mão apareceu com a mercadoria. Depositou a bolsa e o par de luvas sobre a laje sepulcral.

— É exatamente o que eu queria — aprovou Annick, abrindo a bolsa.

Sentou-se de lado na pedra e pegou uma das luvas forradas:

— Será que a mão pode me ajudar a calçá-la? — perguntou.

— *Oh, yes!*[14] — admitiu o chifrudo vermelho.

Os mortos murmuraram nas sepulturas. Não tinham dito nada até esse momento e ficar em silêncio devia estar sendo difícil.

---

[14] Sim, claro!

— Uu... Uu... o que é que a garota tem na cabeça?

— Uu... Uu... cabelos — disse um, mas os outros o chamaram de paspalho, mandando-o ficar quieto, e ele não insistiu.

— Fechem a matraca, defuntos! — gritou o diabo. *Shut up!*[15]

Estalou os dedos. A mão pulou no colo de Annick, para ajudá-la a calçar a luva forrada. Mas a menina esperta, com um movimento habilidoso, enfiou-a na luva à força e jogou prontamente o conjunto na bolsa, que fechou no mesmo instante! Levantou-se, brandindo-a como um troféu:

— Pronto, está resolvido! — E acrescentou, para zombar da linguagem do Diabo: — *Thank you very much!*[16]

— Hã? Que foi que você... — começou o indivíduo vermelho.

Os mortos murmuraram:

---

[15]Calem a boca!
[16]Muito obrigada!

— Uu... Uu... isso é o que se chama ter mais de uma carta na manga... ou uma luva na bolsa... Hi-hi-hi!

— Uu... Uu... é também o que se chama ser apanhado... com a mão na massa... Ha-ha-há!

A bolsa que continha a mão palpitava e se contorcia, porque a mão prisioneira debatia-se às cegas dentro da luva forrada. O Diabo deixou-se cair na laje sepulcral, com uma careta assustadora. Rangia os dentes:

— Você vai soltar essa bolsa agora mesmo! — ordenou.

Deixara seu sombrário no pedestal da estátua do anjo, fora do alcance da menina, mas muito perto.

— Você quer sua bolsa? — retrucou Annick. — Então, vá pegá-la!

E atirou a bolsa na direção do livro. Annick era muito boa no jogo de boliche: a bolsa chocou-se com o sombrário e o fez cair na alameda. Surpreso, o chifrudo barbudo voltou-se, soltando um palavrão:

— ... (Mesmo em inglês, não o escreveremos!)

Tarde demais! Do meio das páginas abertas pela queda escapou toda sorte de sombras, capturadas pelo Diabo em épocas anteriores. Elas se desdobraram no ar como pipas. Annick reconheceu sombras humanas, sombras de animais e, acima de tudo, viu uma sombra pequenina abrir-se como um acordeão mágico e mergulhar prontamente no chão, para se agarrar a seus calcanhares. A dela!

— Uu... Uu... — admiraram-se os mortos do cemitério —, a garota é esperta!

— Uu... Uu... derrotou o príncipe das sombras!

A menina saiu em disparada e, dessa vez, sua sombra a acompanhou. Pôs-se a dançar, observando a imagem de seus braços sobre as lajes tumulares. Havia apanhado sua boneca e se exercitava em jogá-la para cima e tornar a pegá-la, só pelo prazer de ver as duas sombras se separarem e se juntarem, alternadamente. Retirou-se enquanto o chifrudo, mais adiante, rasgava a bolsa e arrancava a mão da luva. Só de gozação, gritou-lhe:

— E então? Tudo bem? *Happy?*[17]

O indivíduo vermelho saltou em cima do livro, que a brisa do anoitecer esvaziava dos últimos cativos. As sombras fugiram, para ir em busca de seus donos, longe, muito longe. Com um grito de fúria, o chifrudo fechou o sombrário. Duas sombras que já o iam deixando ainda deslizaram e conseguiram escapar. O Diabo soltou vários insultos:

— Burra! Pirralha maldita! Moleca insolente! Bandida!

Dessa vez, era em francês que falava.

Os mortos se divertiam:

— Uu... Uu... encontrou alguém melhor que você, seu velhaco!

O perverso pulou no chão, com os pés juntos, e se afundou na terra como um grilo-toupeira.[18] A mão o seguiu. Os dois desapareceram nas profundezas, enquanto a terra voltava a se fechar. Uma fumaça sulfurosa empestou o ar do anoitecer.

---

[17] Está contente?
[18] Inseto que tem atividade noturna. Se alimenta de raízes, larvas e vermes. (*N. da E.*)

— Uu... Uu... — murmuraram os defuntos —, como esse porco cheira mal!

— Uu... Uu... e ainda foi comer feijão!

Eles deram boas risadas. Enquanto isso, a menina ficou sozinha com a boneca. O personagem vermelho havia esquecido seu tesouro, ao tomar o caminho do mundo subterrâneo. Annick o pegou.

— Uu... Uu... — murmuraram os mortos —, a caixinha não é dela!

A menina não achava que fosse o contrário. Mas, francamente, seria uma estupidez deixar o tesouro ali. Com um pequeno gesto de quem pede desculpas, ela enfiou a caixinha embaixo do braço esquerdo e, com a boneca embaixo do direito, retirou-se do local. Se vocês quiserem denunciá-la à polícia, não os impedirei.

Um ser horrível emergiu.

O PULÔVER DA ASSOMBRAÇÃO

3

Noelik perambulava pelo cemitério. Um fio de lã cinzenta deixou-o intrigado. Saía de baixo de uma laje sepulcral.

— Estranho... — murmurou Noelik.

Puxou-o. O fio veio vindo. O menino continuou a puxar e o fio continuou a sair.

Então, Noelik passou a puxá-lo com as duas mãos, uma atrás da outra, como um marinheiro puxando um cabo.

— Que haverá na ponta dele? — perguntou-se em voz alta.

A seus pés ia se formando uma meada de lã cada vez mais espessa, porém, o garoto continuou a puxar mais e mais o fio de lã.

Fez-se ouvir uma voz enrouquecida, uma voz triste e abafada, entre os pés do menino.

— Quem está desfazendo o tricô do meu pulôver?

— Como? — disse Noelik.

A voz fez o chão vibrar:

— Quem está desfazendo o tricô do meu pulôver?

— Ora... — murmurou o menino.

Soltou o fio. Uma bruma inesperada espalhou-se pelas alamedas na parte inferior das pedras tumulares. Adensou-se e invadiu o cemitério com suas ondulações enfumaçadas. Pela terceira vez, a voz ressoou embaixo da terra:

— Quem está desfazendo o tricô do meu pulôver?

A neblina inundava o cemitério e cobria a base das sepulturas. Noelik erguia-se nela como uma garça na água de um lago. Com a voz insegura, perguntou:

— Quem... quem está falando?

A resposta não tardou a chegar. Noelik ouviu sons de raspagem subterrâneos e, em seguida, uma respiração ofegante, como quando alguém se esforça num trabalho penoso. Súbito, a laje sepulcral à sua frente foi levantada de banda, como uma página de livro. Caiu virada ao contrário na bruma espessa, com um ruído abafado. O menino estremeceu. Fazia muito frio. Esfregou os braços e antebraços com as duas mãos:

— Brrr! Está fazendo um frio desgraçado! — queixou-se.

— É verdade — respondeu enfim a voz tristonha que saíra do solo... — E você, você desfez o tricô do meu pulôver.

Um ser horrível emergiu da cova envolta em bruma. O menino deu um grito de pavor. A aparição era coberta de algas, um verdadeiro monte de sargaço ambulante, carregado de mexilhões. Dois antebraços descarnados, que terminavam em dedos esqueléticos, ultrapassavam as plantas aquáticas, e mais se adivinhava do que se discernia um rosto ossudo e marcado, de órbitas vazias e nariz roído.

Noelik balbuciou, trêmulo:

— Quem... quem... é você?

A aparição balançou lentamente a cabeça coberta de algas. Parecia flutuar na névoa branca.

— Sou um afogado... — disse a voz triste e surda.

— O que... o que... — começou o menino.

— Afoguei-me no mar — prosseguiu a assombração —, e sinto frio... E você, você desfez o tricô do meu pulôver.

Noelik batia os dentes. Um frio glacial reinava perto da aparição assustadora. O menino defendeu-se:

— Eu... eu não fiz de propósito... Eu... vi o fiapo de lã que saía. Fui puxando assim... eu... eu não sabia que se tratava do seu pulôver.

O defunto sacudiu sua cabeça sinistra; os mexilhões, ao se entrechocarem, produziam estalidos secos:

— Não tenho mais pulôver... por culpa sua...

— Eu... Desculpe-me — gaguejou Noelik, apertando os braços contra o corpo, para tentar reaquecer-se. Eu... (Teve uma idéia:) Posso lhe trazer um pulôver do meu pai?

A assombração balançava o corpo, com os pés na neblina. Virou a cabeça para o menino na hora em que o campanário da igreja batia 19 horas. A vibração dos sinos extinguiu-se lentamente no cemitério...

— Dou-lhe uma hora — disse o defunto. — Se você não tiver voltado dentro de uma hora com o pulôver... irei atrás de você cobrá-lo.

— Sim, sim... estarei aqui, prometo! — exclamou Noelik. — Pode contar comigo! Vou trazer-lhe o pulôver mais bonito que ele tem!

O cadáver ergueu um braço descarnado para fora de sua roupa aquática. Apontou com o dedo para o campanário da igreja:

— Uma hora! — rosnou. — Dou-lhe uma hora...

— Sim... Sim... Eu... estou indo!

O menino recuou na bruma, incapaz de despregar os olhos da aparição.

— Vá! — rugiu a voz tristonha. — Esperarei uma hora... mas, depois desse prazo, irei reclamar o que me é devido.

Noelik saiu correndo pelo turbilhão de fumaça da alameda. Parou a uns cinqüenta metros para olhar para trás. A assombração coberta de algas já não passava de uma silhueta fantasmagórica à beira de sua cova. Noelik saiu correndo do cemitério. Como morava na entrada da rua Bretanha, não teve de ir longe para chegar em casa, mas ia consultando o relógio e com o coração batendo forte, enquanto se precipitava pela calçada.

— Ah! Já são 19 horas e 11 minutos!

A rua estava quase deserta. O menino empurrou a porta do prédio, exclamando:

— Dezenove horas e 13 minutos! Depressa!

Subiu a escada para o apartamento dos pais, no terceiro andar. Esbaforido, ia falando sozinho:

— Depressa! Tomara... arf... que meu pai... arf... tenha chegado! Ah! Já são... arf... 19 horas e 14 minutos! Quase... arf... quinze minutos... arf... se passaram. Depressa! Depressa!

Abriu bruscamente a porta. O pai, sentado diante da televisão, assistia a um jogo, enquanto esperava a chegada da mãe de Noelik. O menino correu para ele:

— Papai! Papai!

— Olhe o meu filhote! — acolheu-o o pai, com um sorriso.

Noelik estava tremendo. Em vez de abraçar o pai, voltou-se para examinar o relógio da sala e deu um grito:

— Dezenove horas e 18 minutos! Será que o relógio está certo?

— Ora... Acho que sim — disse o pai, surpreso.

Consultou seu relógio de pulso:

— Não, não. Está adiantado. São só 19 horas e 16...

O menino agitava-se, transtornado:

Papai! Dê me aquele seu pulôver grosso azul-marinho! O mais quente!

— O quê? — disse o pai. — O que aconteceu com você?

O menino olhava para o seu relógio, assustado:

— Depressa! Eu lhe imploro!

Estava ficando impaciente, retorcendo as mãos...

— Um minuto! — disse o pai, parando de sorrir. — Sente-se. Explique-se! O que você pretende fazer com meu pulôver?

O menino batia com os pés, prestes a sair correndo para o quarto e apanhar o pulôver azul-marinho do pai.

— Sente-se, Noelik!

— Depressa! Já são 19 horas e 19 minutos!

— E daí? — objetou o pai. — Sente-se. Você está todo suado! Que idéia é essa de ficar nessa afobação?

O menino irrompeu em pranto, soluçando. O pai puxou-o para si, para consolá-lo.

— O que está havendo? — perguntou, afagando-lhe os cabelos. — O que você quer fazer com meu pulôver?

O menino soluçou. Disse, entre dois soluços abafados:

— É para um morto...

O pai, momentaneamente desconcertado, soltou uma gargalhada.

— O quê?!

Noelik levantou-se, olhou o relógio e deu um grito:

— Dezenove e 24!

— Ele está adiantado — lembrou o pai, puxando o filho pela mão. — Explique-se com calma. Venha sentar-se ao meu lado...

Obrigou Noelik a juntar-se a ele no sofá e tirou o som da televisão:

— Agora, conte-me tudo — exigiu.

— É uma assombração do cemitério! Eu desfiz o tricô do pulôver dela!

O pai caçoou:

— Ela tricotará outro! Tem todo o tempo do mundo! Você sabe, no cemitério, ninguém tem muito o que fazer! Ha-ha-há! Ela tem a eternidade pela frente!

Noelik tentou recuar, mas o pai não o largou. O menino protestou:

— Não diga isso! É um afogado que morreu no mar! Está coberto de algas e sente frio!

— Está bem — admitiu o pai, conciliador. — Onde você o encontrou?

O menino irritou-se:

— Eu já lhe disse: no cemitério! Um fiozinho de lã estava saindo de um túmulo... Eu o puxei... e aí... e aí...

Noelik estremeceu, ao se lembrar da aparição.

— E aí, o quê? — perguntou o pai.

— Ouvi uma voz que vinha de baixo da terra e dizia: "Quem está desfazendo o tricô do meu pulôver?"

— Aposto que era um empregado da companhia do gás! — gargalhou o pai.

— Era um morto! Ele levantou a laje e saiu!

— Você... — murmurou o pai — você anda lendo demais as histórias do Yak Rivais! A partir de amanhã, vai me fazer o favor de se dedicar à condessa de Ségur!¹

— Não, senhor! — protestou o menino.

E consultou seu relógio:

— Dezenove horas e 30 minutos! Mais de meia hora! Tenho de lhe dar o pulôver às 20 horas!

— Ora, vejam só! Meu lindo pulôver Saint-James?

— É!

— Nem pensar! — exclamou o pai. — É meu pulôver favorito. Seu fantasma terá de ficar sem ele!

— Impossível! Eu prometi... Ah!

O menino soltou um grito aterrorizado ao barulho da porta que se abria. Sua mãe entrou, com os braços carregados de embrulhos.

— É a mamãe! — exclamou Noelik.

---

[1] A condessa de Ségur, Sophie Rostopchine, autora francesa de origem russa que viveu entre 1799 e 1874, escreveu romances de enorme sucesso para a juventude, como *As meninas exemplares*, *Sofia, a desastrada*, *Memórias de um burro* e outros mais. (*N. da T.*)

— É claro! — disse a mãe. — Quem você pensou que fosse?

— Um fantaaaaaaaasma! — zombeteou o pai. — Uuuuuuuuuuuuuu! Uuuuuuuuuuuuu!

A mãe pôs os embrulhos na mesa e se inclinou. O menino deu-lhe um beijo. A mãe puxou o filho para si:

— Não vai dizer boa noite à mamãe?

— Sim... Sim... — disse Noelik.

— E então?

A mãe se inquietou:

— Você está encharcado de suor! Está com febre? Está se sentindo mal?

— Não... Não...

Noelik consultou seu relógio. A mãe interrogou o pai com o olhar, mas ele se contentou em dar de ombros:

— Ele se assustou no cemitério. Sonhou com uma história para boi dormir...

A mãe desabou numa poltrona e puxou o filho para si pelas mãos. Olhou-o bem dentro dos olhos:

— Que está havendo, Noelik?

— É um morto, mamãe! Um afogado pavoroso! É coberto de algas e mariscos! E já não tem olhos!

A mãe fez um ar severo:

— Noelik, você sabe que detesto mentiras!

— Não estou mentindo! É uma assombração do cemitério! Desfiz o tricô do pulôver dele e prometi o do papai em troca e...

— Noelik, chega! — interrompeu a mãe, com firmeza. — Acalme-se. (Dirigiu-se ao pai:) Dê-me a luva do banheiro, por favor. Molhada. E um copo d'água...

O pai foi à cozinha. A mãe afagou o filho, murmurando palavras de carinho. Pegou o copo d'água da mão do pai e o levou à boca do garoto:

— Beba — ordenou-lhe. — O copo todo...

O menino bebeu. A mãe devolveu o copo ao pai, pegou a luva do banheiro, molhada de água fresca, e lavou o rosto suarento do menino:

— Pronto — foi entoando, como uma canção de ninar — pronto, pronto... Está se sentindo melhor, meu amor?

Noelik balançou a cabeça em sinal de assentimento. Mas seus olhos depararam com o relógio:

— Quinze para as oito! — exclamou. — Faltam 15 minutos! Depressa!

Quis levantar-se. A mãe o segurou:

— Calma...

— Eu prometi o pulôver para as 20 horas! Prometi a ele!

— Ele espera! — comentou o pai.

— Não! Não! Não vai esperar! Ele virá buscá-lo!

O pai se divertia:

— Nesse caso, nós lhe ofereceremos um aperitivo com uns amendoins!

A mãe sorriu. Com um franzir do cenho, aconselhou o pai a não insistir. Ele foi para a cozinha, rindo sozinho. A mãe esforçou-se por ponderar com o filho:

— Noelik, você teve um pesadelo. Deixou-se impressionar. É normal... O cemitério não é um lugar como outro qualquer, a gente imagina coisas...

Noelik balançou a cabeça com obstinação:

— Eu o vi! Ele levantou a laje! Havia neblina ao redor, por toda a parte...

— É isso! — aprovou a mãe, como se acabasse de encontrar uma explicação plausível. — A neblina o impressionou. Mas você precisa se recompor. Sabe o que nós vamos fazer?

Noelik ergueu os olhos, confiante. E ela disse:

— Vamos jantar tranqüilamente e você irá se deitar, depois de um bom chazinho de ervas. Dormirá bem e, amanhã, acordará em plena forma. Você vai ver que terá esquecido tudo...

— Não... Não... — defendeu-se o garoto. (Tentou mais uma vez fazer-se ouvir:) — Eu não sonhei! Era um afogado! Um marinheiro que morreu no mar! Estava cheio de algas com mariscos...

O relógio marcava 19 horas e 55 minutos. O menino gritou:

— Cinco para as oito! Ele virá até aqui! Dê-me o pulôver do papai! Eu prometi a ele!

A mãe aborreceu-se:

— Não. Você vai parar com essas criancices!

O pai voltou para a sala. De repente, estremeceu:

— Não está nada quente aqui! — constatou, pondo a mão no calefator. — Está até meio friozinho!

A mãe saiu do sofá, esfregando os braços:

— É verdade...

— É ele! — exclamou Noelik. — Fazia muito frio perto dele!

— Quanto a mim — disse o pai, dando uma piscadela cúmplice para a mulher —, acho que vou vestir meu pulôver... (Dirigiu-se ao filho:) Não se incomoda se eu puser meu pulôver Saint-James?

Mas o menino não escutava, com os olhos pregados no relógio.

O pai dirigiu-se ao quarto.

— Faltam dois minutos! Ele virá! Ele prometeu! — alarmou-se Noelik.

O pai tinha voltado, com o pulôver azul-marinho nas mãos. Exibiu-o diante do filho:

— Gosto muito dele, do meu pulôver... — disse. — Brrr! Está cada vez mais frio! Um frio de tremer!

— É verdade — confirmou a mãe. — Vou pôr um suéter. Não dá para entender, os calefatores estão funcionando!

— É porque ele está aqui! — gritou Noelik, de repente. — O afogado!

Dera um grito tão forte e tão agudo, que a mãe se virou.

O menino estava de pé no centro do cômodo, com a mão estendida para a porta de entrada. O pai, que se apressava a enfiar o pulôver, interrompeu o gesto. Na extremidade da rua, o campanário da Igreja de São Patrício começou a bater as oito badaladas das 20 horas. Blãããão! Blãããão! O menino deu um salto, arrancou o pulôver das mãos do pai...

— Ora!... — exclamou o pai, estupefato.

Seu filho correu para a porta. Blããão! Blããão!, soava o sino. Noelik abriu a porta. O pai, que correra atrás dele, estancou. A mãe, que vinha mais atrás, levou as mãos ao rosto:

— Santo Deus!

Na moldura da porta postava-se um personagem hediondo, sem nariz, sem olhos, coberto de algas. Não tocava no chão e balançava de um lado para outro, numa espécie de camada de neblina que tinha invadido o patamar e a escada. Estendeu a mão esquelética, na qual o menino atirou o pulôver azul-marinho.

— Aí está! — disse. — É o mais bonito do meu pai!

A assombração assentiu com a cabeça. Ressoaram as últimas badaladas no campanário da igreja: Blããão! Blãããããão! Suas vibrações se extinguiram...

— Bem na horinha... — disse a voz surda e tristonha que o menino já havia escutado.

O afogado coberto de algas fez meia-volta, carregando o pulôver. Ia flutuando sobre a bruma branca, levando-a consigo como fumaça movediça, ao descer a escada. A assombração partiu. A mãe aproximou-se, com as pernas trêmulas. Por um instante, a família continuou na entrada da porta, unida e tensa...

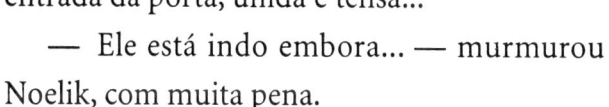

— Ele está indo embora... — murmurou Noelik, com muita pena.

O pai voltou correndo para a sala e abriu a janela. A mãe e o filho juntaram-se a ele.

— Olhem lá! — exclamou o menino.

A bruma cobria o chão da rua. O afogado, erguido em seu caixão como se estivesse numa canoa, voltava para o cemitério, sob a luz amarelada dos lampiões...

— Santo Deus! — repetiu a mãe, fazendo o sinal-da-cruz.

— Meu pulôver! — disse o pai, fazendo uma cara exageradamente desolada, para aliviar o clima de tensão.

O menino sorriu para ele.

— Bom — disse o pai —, terei de comprar outro...

E afagou a cabeça do filho. A mãe suspirou:

— Como é possível? Como é possível?

Estava pensando no defunto. Mas o pai, com uma piscadela cúmplice para Noelik, preferiu brincar com as palavras dela:

— É claro que é possível! — disse. — Quando sair o pagamento do salário!

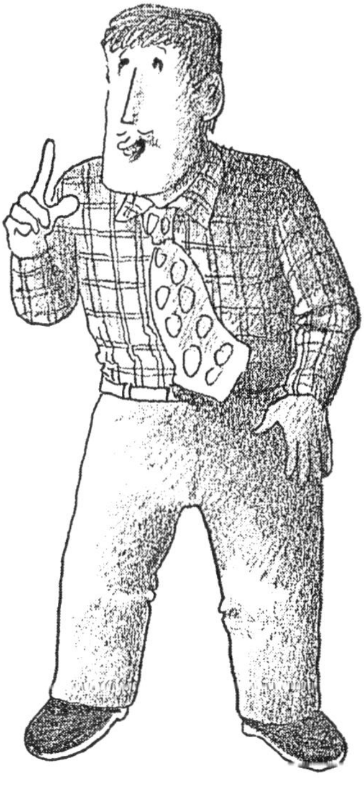

— *Abaixem as patas!* — *exclamou Rozic.*

A SENHORITA META-SE COM A SUA VIDA 4

N UM ENTARDECER, quando voltava de seu ensaio teatral, Rozic entrou no cemitério. Um gato preto deixou-a intrigada. O animal lhe fazia sinal para que o seguisse. Ela se aproximou.

— E então? — miou o gato. — Não a faço tremer? Você não sabe que os gatos pretos dão azar?

— Meta-se com a sua vida, bichano! — respondeu a garota.

Ela saltitava por entre os túmulos, agora interessada num fogo-fátuo. O gato segurou-a:

— Aonde você vai? — miou.

— Estou passeando. E não deveria, porque não estou lá muito adiantada.

— Adiantada ou atrasada — ronronou o gato —, isso não vem ao caso. Seria melhor você me vender sua alma.

— Meta-se com a sua vida! — respondeu Rozic.

O fogo-fátuo foi embora. Ela retomou a perseguição, assobiando distraidamente, com a bolsa pendurada no ombro.

— Pior para você — disse o gato. — Eu avisei.

Seguiu-a de perto. O sol, totalmente vermelho, manchava o céu de uma aquarela alaranjada. Uma bruma muito leve erguia-se do chão. Os mortos murmuraram:

— Uu... Uu... a menina é corajosa...

— Uu... Uu... não sabe o que a está esperando...

Na curva de uma capela, duas mulheres de camisolas brancas barravam a passagem. Eram quase transparentes, podiam-se ver as arestas das lajes sepulcrais através de seus corpos. Rozic ficou imóvel. As duas mulheres, com as mangas arregaçadas sobre os braços nus, torciam juntas um lençol encharcado, para lhe tirar a água. No bairro, todo mundo sabia que as aparições de lavadeiras constituíam um mau presságio...

— Quem são essas senhoras? — resmungou Rozic, mal-humorada, desistindo de perseguir seu fogo-fátuo.

— Seria melhor você me entregar sua alma — ponderou o gato.

— Não são duas drogas de fantasmas de mulher que vão me intimidar! — retrucou a garota, dando de ombros.

Seguiu em frente. As duas lavadeiras voltaram-se para ela. Tinham os olhos claros, com as pupilas fixas, e podia-se perguntar se enxergavam a menina.

— Ajude-nos a torcer este lençol — exigiu uma delas, com voz morna.

Rozic consultou seu relógio. Pôs a bolsa sobre uma laje de granito envolta em brumas:

— Eu lhes dou três minutos — disse. — Vou logo avisando que sou campeã de pular corda. Quem começa?

As duas assombrações hesitaram. Rozic havia arrancado o lençol das mãos da primeira, que empurrou para o meio do caminho:

— Rode! — ordenou Rozic à outra lavadeira. — Ligeirinho!

E ela mesma girou o lençol, como se fosse uma corda de pular.

— O que é que...? — resmungou entre os dentes a assombração no meio da alameda.

Mas foi obrigada a pular por cima do lençol molhado. Upa! E upa! O lençol batia no cascalho. A lavadeira-fantasma não pôde evitar que ele batesse em seus tornozelos e perdeu o equilíbrio...

— Perdeu! — decretou Rozic. — Agora é sua vez, você aí, ô outra!

— Mas... — disse a segunda lavadeira.

— Sua vez!

Ela teve de entregar o lençol à colega saltadora e substituí-la no meio.

— Gire ligeirinho! — exigiu Rozic.

Os mortos murmuraram. A bruma ao redor parecia brotar das sepulturas em redes esbranquiçadas. O sol foi encoberto por uma nuvem. Rozic consultou outra vez seu relógio. Girou o lençol molhado ainda mais depressa. Plac! Plac!

Ele batia no cascalho da alameda e, upa!, upa!, a saltadora esforçava-se para flutuar por cima dele. Era mais ágil do que sua companheira. Mas, como a outra era desajeitada e manejava o lençol sem delicadeza, o pano bateu numa de suas pernas e ela se estatelou.

— Perdeu! — anunciou Rozic. — É minha vez!

Colocou-se no centro. A segunda lavadeira balançava-se feito um autômato...

— E então? Ande logo! — afrontou-a Rozic.

— Hã...

— Ligeirinho! — exigiu a menina.

As duas assombrações giraram o lençol. Plac! Plac! Plac! Rozic pulou, bem treinada. Ia contando as voltas em voz alta, ao mesmo tempo:

— Uma, duas, três... vinte e uma, vinte e duas..., trinta... quarenta... quarenta e nove, cinqüenta! Vocês perderam, vocês não são de nada!

Saiu do jogo abaixando-se, pegou a bolsa e fez meia-volta para ir embora, cumprimentada pelos defuntos:

— Uu... Uu... ela é esperta como o quê...

As lavadeiras ficaram sem jeito, com o lençol na mão, enquanto suas formas se esmaeciam. Sumiram. O gato alcançou a menina na bruma rasante, que o envolvia até o pescoço:

— Espere por mim! Aonde você vai?

— Meta-se com a sua vida! — retrucou Rozic.

De repente, ela parou diante de uma capela iluminada:

— Olhe! Há luz lá dentro?

O gato veio esfregar-se em suas pernas:

— Seria melhor você me vender sua alma — miou. — O sol vai se pôr...

— Amanhã ele volta! — garantiu Rozic, dando três passos em direção à capela.

— Talvez não para todos — agourou o gato preto...

Rozic deu de ombros. Os mortos murmuraram:

— Uu... Uu... ela não se deixa abalar...

— Uu... Uu... eu a conheço — disse uma voz de defunta —, é a filha do Gwennael! Ninguém é mais cabeçudo que ele!

— Meta-se com a sua vida! — retrucou a menina, bisbilhotando a entrada da capela. — Eu me pergunto o que haverá lá dentro! É mais iluminado que o castelo de Versalhes!

Avançou. O gato a seguiu. Na capela, milhares de luzes cintilavam. Ouviam-se gargalhadas.

— Ah, é isso! — sorriu Rozic. — A festa de 14 de julho![1]

Mil fogos-fátuos como o que ela havia perseguido bailavam no ar, dando risadas como pequenos sinos. Saltavam uns por cima dos outros. De vez em quando, inflavam-se, transbordantes de luz, e explodiam, sendo prontamente substituídos por outros. A menina, deslumbrada, deu mais três passos à frente. Foi quando viu a água. A capela era vasta como uma gruta. Nela repousava uma água clara, serena. Reflexos azulados moviam-se pelas paredes de pedra. Rozic arregalou os olhos:

---

[1] Na França, data em que se comemora a queda da Bastilha, no início da Revolução Francesa. (*N. da T.*)

— Ora, essa! — extasiou-se. — Isso é melhor do que queijo *roquefort*!

— Eu a preveni — miou o gato. — Melhor seria você...

— Meta-se com a sua vida, bichano!

A dança dos fogos-fátuos organizou-se em torno da menina. De brincadeira, ela esticava a mão, para fingir que os capturava como borboletas, mas eles escapavam, rindo. Rozic desceu a ladeira, acompanhando-os. Um barquinho a motor estava acostado no cais de pedra, à sombra dos rochedos...

— Para onde será que ele vai? — interrogou-se a garota curiosa. — Eu gostaria muito de subir a bordo!

— Há o risco de que ele a leve para longe! — miou o gato preto.

— Mas, para onde, gatinho?

— Seria melhor você me vender sua alma e voltar para casa...

— Adoro viajar! — disse a pequena imprudentemente.

Os fogos-fátuos giravam sobre sua cabeça como uma coroa luminosa. Refletiam-se na água do lago. A menina contemplou o barco. O barqueiro estava de pé, de costas, junto à cana do leme. Era muito alto e vestia uma espécie de hábito de monge, que lhe caía em volta dos tornozelos e mascarava seus pés. Seu amplo capuz cobria-lhe toda a cabeça. Rozic não hesitou. Pulou para a embarcação e sentou-se no banco de trás, depois de jogar a bolsa sobre a tampa do motor à sua frente. O gato, apesar de sua aversão à água, foi enroscar-se ao lado da bolsa. Os fogos-fátuos dançavam como pirilampos sobre a margem. Rozic acenou-lhes com a mão...

— Ainda há tempo — miou o gato — de você me vender sua alma...

— Meta-se com a sua vida!

O barqueiro acabava de dar a partida no motor do barquinho. Bap. Bap. Braaaaaaaa... Iluminada por dois faróis de proa parecidos com um par de olhos, a embarcação virou para bombordo e se afastou da margem. A água arrastava algas flutuantes que tinham um cheiro bom.

Rozic fechou os olhos, para desfrutar a carícia de uma brisa suave que vinha do fundo da caverna. A travessia seria curta, provavelmente...

— Será que ao menos você sabe para onde estamos indo? — ronronou o gato.

A menina reabriu os olhos. O barco penetrava em vapores inesperados. Já não se via a margem de onde ele havia partido.

— Não havia neblina sobre a água ainda há pouco — comentou Rozic.

A embarcação ia sendo envolta em véus de bruma cada vez mais espessos. Não se enxergava nada. Uma bóia repicou a estibordo. A água marulhava. Na noite, gotículas d'água começaram a açoitar o casco e a respingar no vidro dianteiro.

— Ora... — espantou-se a menina. — Que é isso...?

Como resposta, fez-se ouvir um riso de escárnio do barqueiro. Já que ele não se virava, a pequena passageira inclinou-se para a frente, a fim de enxergá-lo, mas o capuz baixo encobria seu rosto. Rozic distinguiu apenas uma das mãos, pousada na cana do leme. Oh! Uma mão descarnada! Toda feita de ossos! A menina ficou impressionada. O gato miou:

— Ainda há tempo de você me vender sua alma e cancelarmos tudo...

— Não! Meta-se com a sua vida!

Rozic era valente. Intrépida, até. Mas acabara de reconhecer, em pé, encostada no vidro junto ao barqueiro, uma longa foice de lâmina afiada.

— E então, piloto? — ironizou. — Vai fazer a colheita?

O barqueiro deu um risinho irônico. Virou-se um pouco. Rozic viu uma horrenda maçã do rosto e dentes amarelados: era a própria Morte que pilotava o barco.

— Xi! — exclamou a menina. — Vai ser um osso duro de roer...

E, como tinha senso de humor, deu de ombros e murmurou consigo mesma, para se reanimar:

— Mais de um, até, já que é um esqueleto inteiro!

E interrogou o barqueiro:

— Para onde vamos?

A Ankou[2] não respondeu. O barco perdeu-se por densas nuvens sombrias em que estranhas assombrações giravam num turbilhão. Aos assobios das balizas misturavam-se lamúrias. De repente, mãos verdes e viscosas agarraram a amurada, uma dúzia de mãos!

— Abaixem as patas! — exclamou Rozic, tirando o sapato do pé esquerdo para bater nos dedos pegajosos. — Vão ver se eu estou lá na esquina!

As mãos soltaram a amurada. Os lamentos silenciaram. Apenas as ondas batiam no casco do barco. A Morte deu um risinho. Braaaaaaa... Chuá! Chuá! O motor roncava e a embarcação

---

[2]Nas lendas da Bretanha, a Ankou, ou o Ankou (que se pronuncia Ancú e vem da antiga palavra celta *Ankavos*, que significa "A Morte"), é o último morto do ano na paróquia, aquele que ficará encarregado, no ano seguinte, de ser o cocheiro do carro que transportará os mortos. (*N. da T.*)

ia batendo nas vagas, em meio aos rodopios impalpáveis do ar...

— Será que você sabe aonde estamos indo? — perguntou a menina ao gato preto.

— Não vou dizer a você.

— Ah, é? — disse Rozic.

A menina agarrou o gato pela pele do pescoço e o levantou:

— Vou contar até três e atirá-lo na água! Um...

— Pare!

— Dois...

— Pare! Vamos ao Reino dos Mortos!

— Muito bem — aprovou Rozic. — E depois?

— Depois, sua alma será roubada e a Ankou depositará seu corpo no cemitério, para fazer os vivos acreditarem que foi lá que você morreu.

Braaaaaaaa... O motor girava com regularidade. As nuvens começaram a se dissipar. As formas que rodopiavam feito asas fantásticas ao redor do barco esmaeceram. Rozic avistou na penumbra um rochedo negro. Sobre ele erguia-se uma casa negra, desprovida de janelas.

— É para lá que nós vamos? — informou-se Rozic.

A Morte riu. A menina franziu os lábios, decidida a não deixar que lhe impusessem a vontade. Pôs o gato no banquinho e, por hábito, já que amava os animais, acariciou-lhe o pêlo. O gato ronronou:

— É muita gentileza sua, mas seria melhor você...

— Meta-se com a sua vida!

Ela vasculhou a bolsa, retirando toda sorte de coisinhas que eram úteis no teatro: pinça, tesoura, fita adesiva, barbante, base para maquiagem, um canivete, uma chave de fenda, um lápis, um tubo de cola forte...

— Ah! — exclamou.

Era o tubo que ela estava procurando. "*Supercola*", prometia a propaganda impressa no rótulo, "cola até os indivíduos no teto pelas solas dos pés."

— O que você está aprontando? — interrogou o gato.

— Se lhe perguntarem, responda que não sabe! — retrucou Rozic.

Abriu o tubo. O barquinho se aproximava do rochedo negro. As bóias apitavam e as ondas quebravam nas pedras. Braaaaaaa... Bap-bap-bap. A Ankou se preparava para atracar, não havia tempo a perder. Rozic levantou a bolsa e espremeu cola na parte de baixo. Tornou a colocá-la sobre a tampa do motor. O gato coçava a orelha, perplexo. Mas a menina não havia terminado seus preparativos. Esvaziou o resto da cola nas duas alças da bolsa, juntas, e atirou o tubo vazio na água.

— Trabalho encerrado! — disse, batendo com as mãos como se fossem uma tesoura.

Bap... Bap... O motor silenciou. A Morte manobrou a cana do leme para conduzir o barco até o rochedo por estibordo. Os pneus de proteção do casco amorteceram o impacto. A Ankou virou-se, pegando sua foice. Ah, que horror! Rozic avistou as órbitas vazias de seus olhos, o nariz roído, os dentes protuberantes, a boca fervilhando de vermes...

— Ora, vejam só! — criticou a menina. — Você está longe de ser a Miss Universo!

A Morte imobilizou-se, surpresa:

— Imaginei que você fosse mais velha — grunhiu.

— Houve um erro a respeito da mercadoria! — protestou Rozic. (Recuou para o banquinho.) Na minha opinião, você devia ter embarcado um velhinho ou uma velhinha. Fez um trabalho mal-feito e vai levar palmadas nos dedos!

A Ankou troçou:

— Um passageiro ou outro, darei um jeito nisso...

— Bom — fingiu resignar-se Rozic —, quer me dar minha bolsa, por favor?

A Morte pegou as alças da bolsa com a mão esquerda, mas a bolsa resistiu, com o fundo colado na tampa do motor. A Ankou achou que ela continha algum objeto pesado:

— O que você está carregando? Halteres?

— Meta-se com a sua vida! Puxe com mais força!

A Morte cerrou os punhos e puxou. A bolsa não veio. Puxou com mais força e um sacolejo fez o capô vibrar.

— Bah! — zombou Rozic. — Você tem músculos de maria-mole?

A Morte encostou sua foice na amurada, para segurar as alças da bolsa com as duas mãos. Era o que a menina estava esperando. Ela se atirou por entre a amurada e a criatura horrenda e, daí, pulou para o rochedo.

— Alto lá! — gritou a Morte.

Tentou esticar o braço para interceptar a menina. Mas a cola era de boa qualidade. As mãos esqueléticas aderiram às alças da bolsa, e esta continuava grudada pelo fundo na tampa do motor. Rozic virou-se para trás, rindo alegremente:

— Você nos espera aqui! O gato e eu vamos fazer turismo!

A Morte ficou irada, gritando ofensas indignas. A menina encostou o polegar no nariz e abanou a mão:

— Meus cumprimentos! Você vem, bichano?

Prudentemente encolhido na banqueta, o gato esgueirou-se pela passagem estreita para se juntar à menina:

— Insisto em afirmar que seria melhor você me vender sua alma, porque ninguém sabe o que o espera na Mansão Negra!

A menina agarrou-o pelo dorso:

— Ainda não sei, mas não tardarei a saber, visto que você vai me informar!

— Impossível! — miou o gato. — É proibido pelo regulamento!

No barquinho, a Morte contorcia os quadris para se soltar. Sacudida, a embarcação chocava-se com o rochedo e balançava. Rozic levantou o gato na ponta do braço:

— Vou contar até três! — ameaçou. — Muito cuidado, se você não me ensinar a entrar nessa Mansão Negra! Um...

— Pare! — implorou o gato. — É a Casa da Morte. Eu lhe direi o que sei!

E, como a menina agora o estivesse afagando, ele continuou, ronronando de prazer:

— Se você quiser entrar na Casa da Morte, terá de tocar na Pedra Sensível. É só o que eu sei...

— Que Pedra Sensível?

— Eu desconheço. Só sei que ela é muito sensível e que a Casa detesta ser tocada...

— O que há na Mansão Negra?

O gato sacudiu a cabeça:

— Isso é segredo da Morte... Ninguém sabe, e seria melhor você...

— Meta-se com a sua vida!

Rozic pôs o gato no chão e subiu os degraus talhados na rocha. O gato a acompanhou. A silhueta alta e fechada da Mansão Negra erguia-se acima deles. À medida que os dois se aproximaram da porta negra, ouviram-se cacarejos mais altos. Rozic levantou a cabeça em direção à casa maldita:

— Você fala, fala, fala, é só o que sabe fazer!

Os cacarejos pararam. A menina virou para trás e se certificou de que a Ankou continuava prisioneira da bolsa, antes de se preocupar seriamente com a Mansão. Esta não tinha janelas nem clarabóias. A garota aproximou-se da porta. Era negra, maciça, sem dúvida de ébano. Nada de maçaneta, nada de fechadura. A menina empurrou-a com o ombro. Em vão. A Mansão Negra era hermeticamente fechada. Seria preciso procurar a Pedra Sensível, antes de qualquer outra coisa. Rozic começou a contornar a construção, apalpando as pedras uma a uma. Súbito, ouviu-se um rosnado de protesto:

— Grrr!

Era a Mansão protestando. A menina acabara de tocar uma pedra de sua base. Tocou-a de novo, para conferir...

— Grrr! — rosnou a Mansão. — Pare com isso!

Então, por prazer, a menina fez cócegas na pedra. A Mansão rugiu cada vez mais forte e acabou caindo na gargalhada:

— Hi-hi-hi! Ha-ha-há! Ho-ho-hô! Pare com isso! Paaaaare!

Estava estourando de rir. Rozic esperou que a Mansão se acalmasse, para então lhe desferir um pontapé de bico. A Mansão urrou de dor:

— Ai! Pare com isso! Não faça isso! Aieee!

— Faço, sim — prometeu Rozic —, até você me revelar o segredo da entrada!

— Não! Ai! Ui! Pare com isso! Está doendo! Pare!

— Estou escutando! — disse Rozic, enquanto lascava na Pedra Sensível um poderoso chute de jogador de futebol, que, aliás, machucou-lhe o dedão do pé.

— Aaaaaii! Uuuii! — berrou a Mansão.

Depois, soltou de uma vez só:

— *Embaixo a palavra certa.*
Do alto o tesouro virá!

— Que palavrório é esse? — perguntou a menina, embatucada.

— Não sei mais nada! Juro! — gritou a Mansão.

— E você? — perguntou Rozic ao gato preto.

— Também não, e seria melhor...

— Blablablá! Para começo de conversa, que palavra é preciso procurar?

— Certamente, uma senha — refletiu o gato.

— Sim. E qual é a senha? — perguntou Rozic.

E brindou a pedra com uma bela sapatada.

— Aiiieee! Uuuii! É um enigma! Não sei mais nada!

— E o que é preciso fazer para descobrir o enigma? — indagou a garotinha intrépida.

— Dar quatro batidas seguidas na porta, ao som da melodia da *Quinta sinfonia*, de Beethoven!

— Está bem — disse Rozic.

Conhecia o tema. Olhou para o gato, mas ele sacudiu a cabeça, em sinal de incompetência. A menina virou-se. No barco, cansada de não chegar a lugar nenhum, a Morte havia parado de se remexer. Sentara-se na amurada, com as mãos coladas nas alças da bolsa.

— Ei, Morte! — interpelou-a Rozic. — Não quer me dizer qual é a senha?

— Vá para os quintos dos infernos! — retrucou a Morte, furiosa.

Como estava com as mãos presas, não pôde reforçar o impropério com uma banana. A menina virou-se para a porta de ébano, na qual bateu valentemente — toc-toc-toc-tooooc! — com a melodia da *Quinta sinfonia*. A porta perguntou:

— Quem devo anunciar?
— Meta-se com a sua vida!

Assim, a porta anunciou:
— A srta. Meta-se Com a Sua Vida!

Abriu-se. Rozic penetrou num aposento escuro. Aos poucos, graças à luz que entrava por essa abertura, a menina distinguiu uma mesa, uma cama tosca e pobre de madeira, uma pedra de amolar — é claro! para afiar a foice da Morte! — e um armário de mortalhas. O que dissera a Mansão? "*Embaixo a palavra certa. Do alto o tesouro virá.*" Que palavra certa? Que tesouro?

Uma escada de madeira subia em linha reta. A menina a escalou, com o gato preto nos calcanhares. Um alçapão impedia o acesso ao outro andar. Impossível levantá-lo.

— Seria melhor você... — miou o gato, no mesmo instante.

— Meta-se com a sua vida, bichano!

Rozic teve a idéia de bater no alçapão como na porta de entrada: toc-toc-toc-tooooc! Em seguida, recuou, apressada, porque apareceram fagulhas na madeira! As pequenas chamas se esticaram, arredondaram-se, formaram letras e palavras. Rozic leu esta inscrição: "*É saquê ou iene agá, ô.*" Devia ser o enigma.

— É saquê ou iene agá, ô? É saquê ou iene agá, ô? — repetiu a menina. — É saquê ou iene agá, ô? Que quer dizer isso?

As chamas se extinguiram. Rozic permaneceu embaixo do alçapão.

— É saquê ou iene agá, ô? — murmurou ela. — É saquê...?

Soltou um gritinho de alegria. Mas, claro! Acabara de descobrir a senha!

— Não entendo o que a está alegrando — suspirou o gato. — Seria melhor você...

— Reflita, gatinho! É saquê o iene agá, ô! Soletre! Pronuncie bem o "s" de saquê!

— Hein?

— É saquê ou iene agá, ô! Substitua todos os sons da frase por letras: S – A – Q – U – I – N – H – O!

A senha é "saquinho"! Vamos descer outra vez! Há um saquinho na mesa?

Rozic desceu e passou a mão espalmada sobre a mesa mal iluminada:

— Achei!

Abriu-o. Ele continha uma chave:

— Trabalho encerrado!

Subiu até o alto da escada e reencontrou o gato:

— Ora, ora! — miou o animal. — Devo confessar que você me espanta! O que pretende fazer?

Com a mão, a menina procurou uma fechadura no alçapão. Introduziu a chave e a fechadura se abriu. A menina empurrou o alçapão e o fez tombar para trás. Depois, impulsionou-se para o aposento de cima. Não enxergou grande coisa, porque a luz vinha do térreo, através da porta e do alçapão abertos. O gato enxergava melhor do que ela:

— Há uma mesa — miou — com outro saquinho em cima...

— Onde? Onde? — indagou Rozic.

— Ande para a frente. Isso. Está sentindo a mesa? Estenda a mão...

Às apalpadelas, a menina tocou na prancha de madeira. Encontrou o saquinho:

— Achei!

Abriu-o e se apoderou de uma segunda chave, que ele continha.

— Com certeza é do armário — supôs o gato.

— Armário? Onde ele está?

— Ande para a sua esquerda. Mais dois passos... É aí.

A menina apalpou a porta, achou a fechadura, enfiou a chave e a girou. A porta se abriu. Rozic não enxergava nada.

— Que é que tem lá dentro? — perguntou.

— Um livro — respondeu o gato, sem entusiasmo. — Um livro grande.

— Muito grande?

— Muito, muito grande.

A menina mergulhou as duas mãos no armário e tocou numa capa espessa de couro. Lá fora, ouviam-se gritos...

— Quem está berrando desse jeito? — impacientou-se Rozic.

O gato miou:

— É a Morte. Ela não tolera que você encoste em seu livro. E seria melhor você...

— Blablablá! Que livro é esse?

O gato suspirou:

— É o livro da Morte. Dentro estão escritos os nomes das pessoas falecidas e os dos seres humanos vivos, com as futuras datas de falecimento...

Rozic deu um assobio:

— Para um tesouro, é um tesouro genial!

Pegou o livro. Era enorme e pesado, e ela teve muita dificuldade para levantá-lo. Com as pernas afastadas e o objeto apoiado no peito, titubeou em direção ao alçapão e desceu cautelosamente a escada de madeira. Lá fora, a Morte vociferava. Agitava-se e chutava a embarcação com os dois pés, para tentar soltar-se. O casco batia nos rochedos. A Morte soltou um uivo, ao ver a menina sair de sua casa...

— Largue esse livro! Largue o *Grande Livro dos Mortos*! Você não tem o direito de tocá-lo!

Com a ajuda dos pés, ela havia erguido a foice e se esforçava para imprensá-la contra a amurada, com a lâmina para cima. Estava tentando cortar a cola. Súbito, conseguiu livrar uma das mãos e agarrou o cabo da foice, para se soltar de uma vez. No mesmo instante, porém, a porta de ébano da Mansão Negra tornou a fechar-se às costas da menina. Plaft! A Morte transtornou-se:

— Largue o *Grande Livro dos Mortos*! Eu lhe ordeno!

A menina deixou o livro cair no chão. A Morte a viu agachar-se e abri-lo. Estava espumando:

— Eu a proíbo de abrir esse livro! Você não tem o direito!

Mas Rozic segurou a primeira página de um modo que não deixava nenhuma dúvida quanto a suas intenções: preparava-se para arrancá-la. A Morte foi veemente:

— Não! Não! Não faça isso! Eu a proíbo! Não faça isso!

— Então, largue sua foice! — ordenou Rozic, em resposta.

— Espere! Não! Espere!

Rozic baixou os olhos para o livro. Havia nomes e datas na primeira página. A Morte suplicou:

— Solte o livro! Por favor!

— Primeiro, largue a sua foice!

— Não... eu... Espere! Não!

A Morte soltou um grito agudo. A menina acabara de arrancar uma folha. Fez com ela uma bolinha e jogou-a na água. Num segundo, o papel flutuou, desdobrado, perdendo sua tinta. Depois, a página enrolou-se e afundou. A Morte soluçava:

— Você não tem o direito de fazer isso! Largue o *Grande Livro dos Mortos*!

— Largue a sua foice — exigiu Rozic —, senão, eu continuo...

— Sim... Sim...

A Ankou deixou a foice cair no barco.

— Para trás! — comandou a menina. — Deixe-a fora do seu alcance!

A Morte assentiu a contragosto, com um braço levantado e o outro ainda colado na bolsa. Era repugnante.

— Você não destruirá o *Grande Livro*?

— Não, se você me obedecer. Para trás...

A Morte recuou. A menina tornou a pegar o livro pesado e se encaminhou para a embarcação. Viu que a Ankou tinha conseguido descolar o polegar e o indicador da segunda mão, mantendo-se colada à bolsa apenas por três dedos. Rozic jogou o livro dentro do barco e entrou num salto atrás dele. A Morte fez como se fosse atacar...

— Para trás! — ordenou a garota. — Senão, eu jogo o livro na água!

— Não! Não! Não toque no *Grande Livro*!

O gato foi juntar-se prudentemente à menina na popa. Lançava olhares inquietos para a Ankou, colada na proa.

— Escute — miou —, seria melhor você entrar num acordo amigável com a Morte e...

— Meta-se com a sua vida! — respondeu Rozic.

E se dirigiu à Morte:

— Como se faz para pôr o barco em movimento?

— Puxe a alça, que a chave se encaixará! — retrucou a Morte, com evidente má-fé.

— Puxe o botão vermelho — aconselhou o gato. — É a ignição...

A Morte soltou um xingamento. Rozic puxou a ignição e o motor começou a funcionar. Bap. Bap. Bap...

— Abaixe a alavanca! — tornou a aconselhar o gato preto.

Braaaaaa! O motor ganhou embalo. O barco afastou-se do cais, com a menina no leme.

— Agora — anunciou ela —, de volta ao ponto de partida!

O motor roncava. A Morte dava a impressão de estar chocando a bolsa. De vez em quando, sacudia-se disfarçadamente, mas a cola continuava firme. Voltou-se contra o gato. Resmungou entre dentes, de maneira a só ser ouvida por ele:

— Você, gato preto, cuidado com as suas pulgas!

— Não tenho nenhuma — respondeu o gato, com ar ofendido.

— Devolva-me a minha foice, que eu acabo de cortar essa porcaria de cola!

— Não posso — esquivou-se o gato. — Peça à garota.

O barco navegava envolto, como na ida, por densas nuvens ardentes e povoadas por monstros. Rozic virou para trás:

— Ei, Morte! Se eu devolver o seu livro, o que você me dará em troca?

— Nada! Não tenho o poder de dar presentes!

— Na minha opinião — ronronou o gato —, seria melhor você...

— Meta-se com a sua vida! — cortou Rozic.

Ela pilotava o barco em linha reta. A água respingava no pára-brisa e no casco. Chuá! Chuá! A embarcação saiu das brumas suspeitas. Ao longe, vacilantes, algumas luzes cintilaram e logo se ouviram risadas. Rozic havia retornado ao cais dos fogos-fátuos. Provocou a Morte:

— Se eu devolver o seu livro e soltá-la, quando você voltará para me buscar?

— Não será tão cedo! — explodiu a Morte. — Não tenho a menor vontade de revê-la, sua ladra!

— Quando voltará?

A Morte refletiu. Inclinou a cabeça embaixo do capuz. Era hedionda. Resmungou a contragosto.

— Daqui a cem anos. É só o que eu posso fazer.

Rozic reduziu a velocidade do motor da embarcação. Braaa-Bap-Bap... Calculou que cem anos, somados aos que já tinha vivido, dariam um bom negócio...

— Está bem — concordou. — Isso me convém.

A água voltara a ficar calma, e a temperatura, branda. Rozic conduziu o barco à terra por estibordo, acolhida pela enfiada de fogos-fátuos como se fosse uma dança de lampiões. Desligou o motor. Bap... O casco, protegido pelos pneus, bateu no cais. A menina saltou por sobre a amurada.

— E eu? — reivindicou a Morte. — Vai me deixar plantada aqui?

Ela era horrível e grotesca. Rozic pegou sua foice e a encostou no motor, com a lâmina virada para cima. O livro jazia no chão.

— Deixo-lhe seu livro e sua foice — explicou a menina. — Cabe a você cortar a cola, e que eu não volte a vê-la antes de cem anos!

Subiu a escada que levava para fora da capela e o gato a seguiu, erguendo a cauda na vertical. Fez uma última tentativa:

— Continua não querendo me vender sua alma?

— Não, mas consinto em comprar a sua.

O gato ficou pensativo. A menina virou-se. Na capela-caverna, lá embaixo, os fogos-fátuos iluminavam a Morte, em transe. Ela cortava febrilmente os últimos pontos de cola que a mantinham presa. Desajeitada, ia soltando palavrões. O gato indagou:

— Quanto você me paga por ela?

— Por sua alma? Um teto, boas rações, uma almofada macia, carinhos — enumerou Rozic. — Se o tratamento lhe convier, fico com você.

O gato calculou que aquilo valia bem mais que os pontapés no traseiro e as espetadas de garfo que os diabos costumavam lhe reservar:

— Aceito — disse, simplesmente.

A menina sorriu. Virou-se para trás pela última vez, no momento em que saía da capela. A Morte acabava de cortar a cola. Pulou por cima da amurada, com a foice no ombro e o *Grande Livro* apertado contra as costelas, como um bebê precioso. Fugiu correndo pela água e se fundiu com a escuridão. Em seguida, a água desapareceu. A caverna desapareceu. As danças de fogos-fátuos extinguiram-se. Não restou nada na capelinha de vitrais multicores, incendiados pelo sol poente. Nada. Exceto a bolsa.

— Devo estar sonhando! — murmurou a menina.

Voltou para buscá-la. No alto da escada, o gato se impacientou:

— E então? Vamos ou não vamos pegar a tal almofada macia e as rações gostosas?

Rozic juntou-se a ele do lado de fora. O sol dourava o campanário da igreja e o cemitério. A menina consultou o relógio:

— Oh! — exclamou.

Sua ausência não havia ultrapassado um minuto. Rozic ficou extasiada:

— Ora essa! (E acrescentou:) Eu me pergunto para onde terá ido a Morte! Você acha que ela voltou para sua Mansão Negra, bichano?

— Meta-se com a sua vida! — respondeu o gato.

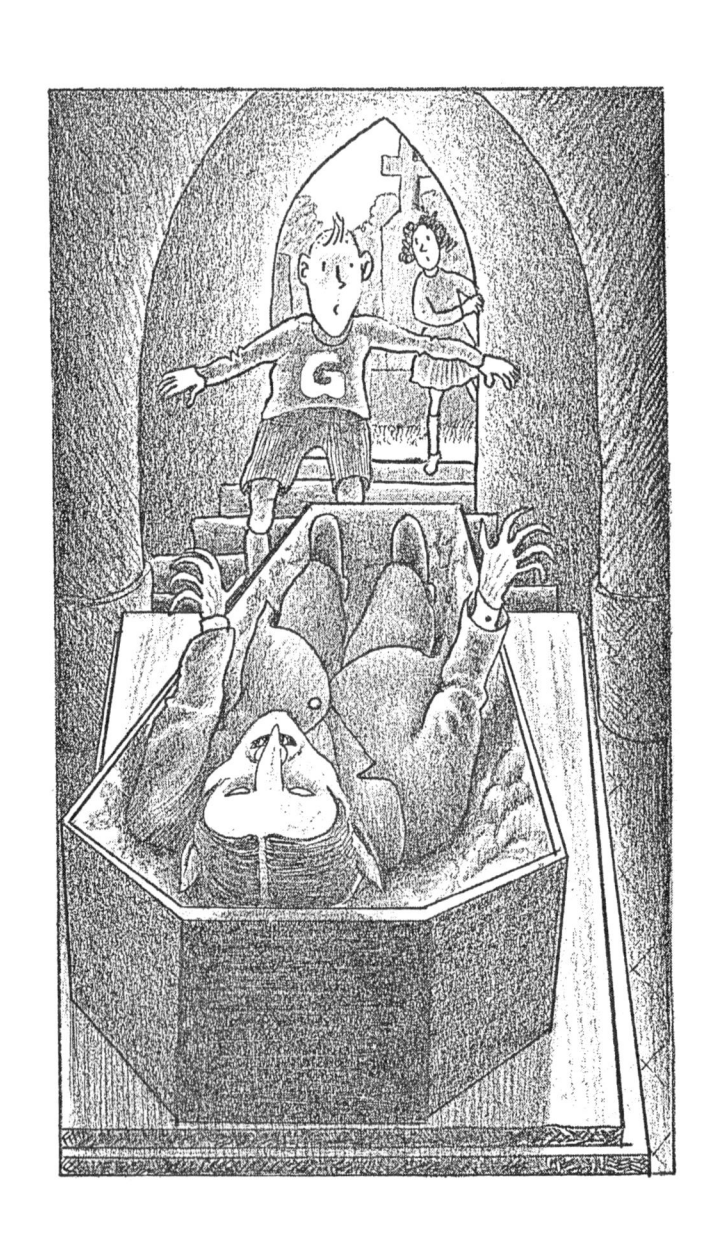

— Oh! — exclamou o menino.

O BRAÇO DO VAMPIRO 5

— Oh! Olhe só o sol vermelho! — disse Jeannette.

— É — respondeu Gwenn. — Seus raios parecem estar caindo na capela.

O menino conduzia a irmãzinha pela mão e a caçula carregava sua boneca.

— Me diga, Gwenn — pediu ela —, é verdade que a gente encontra moedas de ouro na ponta dos raios do sol?

— Não.

As crianças haviam se aproximado da capela. A grade estava entreaberta.

— Espere por mim aqui — disse Gwenn. — Eu já volto.

Deixou a menina na alameda, empurrou a grade e desceu uma curta escada de pedra.

Lá embaixo havia uma cripta mal iluminada por um vitral multicor.

— Oh! — exclamou o menino, paralisado no último degrau.

Havia alguém deitado num sarcófago aberto, no meio da cripta. Fitava o menino com seus olhos vermelhos. Um vampiro! O monstro era pálido, de caninos pontiagudos. Mexeu-se. Uma longa mão cheia de garras saiu do sarcófago.

— Oh! — repetiu Gwenn, estremecendo.

Girou nos calcanhares e subiu precipitadamente a escada.

— Depressa! Depressa! Corra! — gritou ao sair da capela, e agarrou a mão da irmãzinha para arrastá-la em sua fuga.

Jeannette protestou, mas Gwenn não diminuiu o passo. Sabia que o vampiro, na cripta sinistra, estava acordando. Pressentia que ele não tardaria a sair...

— Depressa, Jeannette! E fique calada!

As crianças correram, uma puxando a outra. A sombra do monstro projetou-se na parede de entrada da capela!

— Depressa! Depressa!

O menino mergulhou numa moita alta de hortênsias, ao longo do muro que cercava o cemitério. Havia segurado a irmãzinha pela cintura e protegido sua queda. Achatou-se no chão, ofegante. Jeannette gemia. Ele pôs a mão espalmada em sua boca e sussurrou:

— Psiu! Fique quieta! Nem uma palavra!

Olhou-a bem dentro dos olhos. A menina acenou com a cabeça em sinal de assentimento. Gwenn virou-se. O vampiro, lá adiante, estava saindo da capela. Era alto, vestido de preto e com uma capa vermelha. Num segundo, sua cabeça girou para observar o cemitério. Depois, a criatura infernal curvou as pernas e deu um salto no ar. No instante em que deixou o chão, de braços abertos, transformou-se num morcego alçando vôo. O menino pôs o dedo indicador sobre sua própria boca e segredou para a irmãzinha:

— Nem uma palavra! Fique quieta! Entendeu?

Com os olhos, a pequerrucha voltou a concordar. O menino examinou o cemitério. O morcego sobrevoava pesadamente uma primeira alameda, como uma grande folha de plátano. Não havia dúvida: estava procurando sua presa. O menino perseguido olhou para a direita e para a esquerda, em busca de um esconderijo mais seguro. Perto da grade! A cabana de ferramentas do jardineiro-coveiro! A porta nunca ficava trancada e, lá dentro, as crianças estariam protegidas. Mas, como chegar até ela? O morcego estava voltando, pouco acima de uma segunda alameda. Metodicamente, inspecionava o cemitério...

— Ali!

Bem pertinho, duas torneiras saíam do muro. Uma fornecia água aos visitantes, para que molhassem suas plantas. A outra era reservada ao jardineiro. Uma longa mangueira amarela de regar estava atarraxada nela, serpenteando entre as lajes tumulares quase até a extremidade oposta do cemitério.

— Espere por mim! Não saia daqui! — sussurrou o menino no ouvido da irmãzinha. — E principalmente... psiu! Nem um pio!

A menina balançou a cabeça, sem compreender. Gwenn rastejou sobre as hortênsias, enquanto o morcego tornava a partir, voando sobre uma terceira alameda. Rapidamente, Gwenn abriu a água da mangueira de regar e voltou para perto de Jeannette. Olhou-a nos olhos:

— Vamos correr — sussurrou. — Depressa-depressa-depressa!

— Depressa-depressa-depressa? — repetiu a pequerrucha.

— E sem barulho! Está pronta?

O morcego vinha voltando. Nesse instante, a mangueira começou a cuspir lá longe, atrás dos ciprestes. A água acabara de jorrar, com falhas de pressão. Imediatamente, o morcego mudou de direção, atraído pelo barulho. O menino levantou-se de um salto e tirou a irmãzinha da moita de hortênsias:

— Corra, Jeannette!

Gwenn precipitou-se ao longo do muro, rebocando a menina. Os dois não demoraram a chegar à cabana de ferramentas.

— Entre aí! Depressa!

Empurrou a irmã para a cabana, entrou precipitadamente atrás dela e fechou a porta. Abaixou o trinco de ferro para mantê-la fechada por dentro. Estava ofegante...

— Por quê...? — começou a irmãzinha...

— Psiu!

O morcego fizera meia-volta. Pela pequena janelinha da porta, em forma de losango, Gwenn viu-o pousar no chão e transformar-se no monstro que ele havia acordado. O vampiro movia-se lentamente, com os braços meio afastados e o rosto projetado para a frente, como uma máscara desbotada. Gwenn recuou para a sombra...

— Gwenn! Estou com medo! — gemeu a irmãzinha...

Lá fora, o outro havia escutado! Ficou imóvel, dardejou os olhos vermelhos na porta e esboçou um sorriso que revelou seus caninos. Gwenn empurrou Jeannette para o fundo da cabana. Havia ferramentas alinhadas contra as paredes de tábua e estantes repletas de pregos, parafusos e material para reparos. Gwenn voltou-se para a irmã:

— Não tenha medo! Eu estou aqui!

Mas, subitamente, o rosto do monstro delineou-se no losango da janelinha. A menina gritou. Gwenn virou-se. O rosto abominável já havia recuado e, nesse momento, era uma longa mão que insinuava suas garras pela abertura e descia feito cobra pelo umbral da porta. Procurava o trinco para abri-la. Gwenn não hesitou. Segurou um martelo pesado que estava a seu alcance, apanhou um prego comprido numa caixa e cravou-no na mão maldita! Martelou-o com todas as suas forças! E foi gritando, ao mesmo tempo que batia, batia e batia:

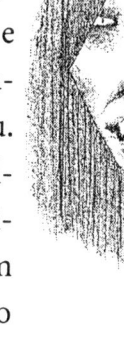

— Tome isto! Tome! Tome!

O vampiro rugiu como um animal feroz. Vozes humanas lhe responderam. Provinham da entrada do cemitério:

— Jeannette! Gwenn! Onde vocês estão?

— Aqui! Aqui! — gritou Gwenn, esperançoso. — Aqui na cabana!

Eram seus pais que chegavam. O vampiro procurou soltar-se, rugindo...

— Vou ajudá-lo! — gritou-lhe Gwenn.

Empunhou o cabo de uma enxada e pôs-se a bater no braço com grandes golpes da lâmina. O monstro urrava...

— Gwenn! Jeannette! Onde vocês estão?

— Mamãe! Papai! — gritou a menina, reconhecendo as vozes.

— Aqui! Na cabana! — gritou Gwenn, e batia, batia...

De repente, o braço foi decepado! O monstro recuou, rugindo! Uma baba branca escapou-lhe da boca, por entre os caninos afiados. Mas vinha gente correndo e ele não podia mais atirar-se contra a porta. Titubeou, hesitou, mas depois tomou impulso e levantou vôo. Gwenn viu o morcego desconcertado subir em ziguezague para o céu vermelho, enquanto seus pais e outras duas pessoas chegavam correndo...

— Gwenn! Jeannette!

— Mamãe! — chamou a menina, agarrada ao irmão.

— Está tudo bem — disse Gwenn, para tranqüilizá-la. — Agora está tudo bem...

Afagou-lhe o rosto e alisou seu cabelo. Deu-lhe um beijinho e abriu a porta. Nesta, a mão do vampiro também se havia metamorfoseado: era uma pata anterior de morcego com um pedaço de asa membranosa. À visão daquela coisa, ainda agitada por convulsões, os pais recuaram.

— O que é essa coisa horrorosa?

A pequena Jeannette estava segurando a boneca na mão. Agarrou-se na saia da mãe:

— O moço era malvado! — declarou.

Gwenn ergueu os ombros:

— Não era um moço, era um vampiro...

Narrou a desventura dos dois. Outros vizinhos chegaram, acompanhando o coveiro. Todo mundo se espantou. Gwenn vangloriou-se:

— Dei-lhe uma lição! Tão cedo ele não volta!

E acrescentou, com uma piscadela maliciosa:

— Sou capaz de apostar minha mão![1]

---

[1] Enquanto isso, a água da torneira continua correndo. Sabendo que ela tem uma vazão de 4 cm^3/s, que está correndo há 8 minutos e 27 segundos e que custa R$ 0,87/m^2, calcule o valor da fatura e nos informe quem vai pagá-la.

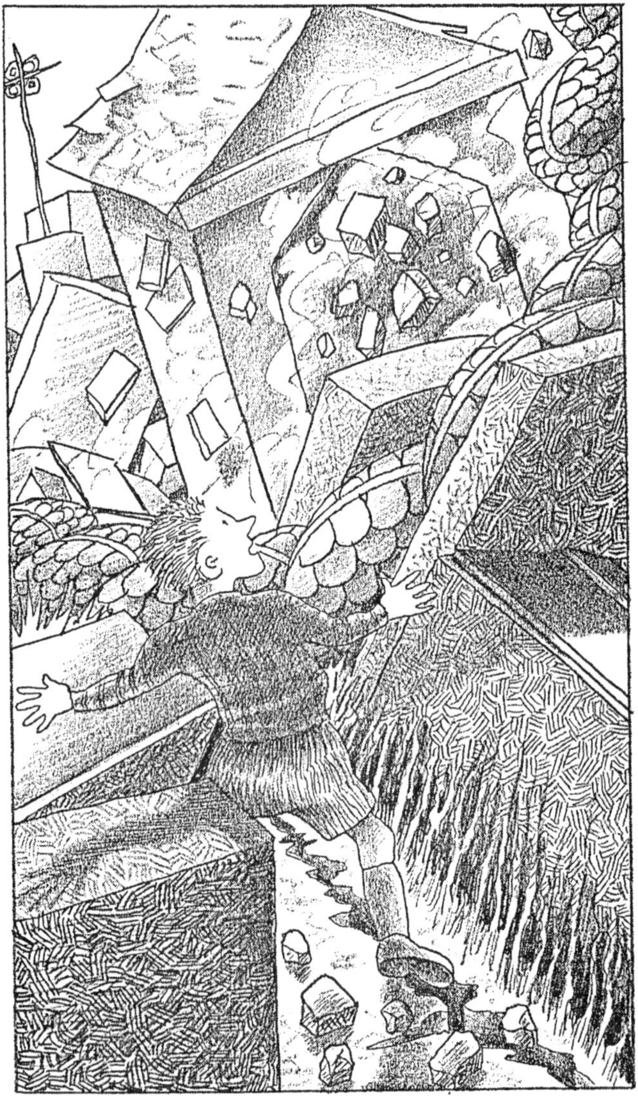

O DRAKK   6

Ao entrar no cemitério, Périk ouviu um estrondo subterrâneo.

— Ué!? — exclamou. — Mas aqui não tem metrô!

O estrondo parou. Périk retomou o passo por entre as sepulturas. O sol do entardecer as tingia de rosa e as sombras escuras esticavam-se pelas alamedas. O barulho recomeçou. Périk se deteve:

— Ora, mas...?

Olhou para os pés, como se pudesse enxergar através deles até embaixo da crosta terrestre. O som persistia.

— Estranho...

O estrondo parou. O menino recomeçou a andar e passou pelo lampião dos mortos. De repente, imobilizou-se, intrigado. Havia fumaça escapando de uma capela, uma espessa fumaça branca...

— Estão fazendo uma fogueira lá dentro? — suspeitou Périk. — Se o guarda vir isso, a coisa vai ficar feia!

O estrondo tornou a se fazer ouvir. Provinha de algum ponto embaixo da terra. O menino sondou a paisagem a seu redor, sem identificar nada. Uma segunda leva de fumaça, como um suspiro, jorrou da capela, no instante em que o som parou. Pffff. E mais nada. Périk riu sozinho:

— Juro que há uma locomotiva a vapor ali!

— Uu... Uu... —, murmuraram os mortos do cemitério —, não convém ficar aí...

— Perdão? — disse Périk.

Um novo estrondo ressoou sob seus pés. Impactos surdos misturavam-se a ele, assim como sons de raspagem na rocha. O menino franziu o cenho. A terra tremia...

— Olá!

— Uu... Uu... — murmuraram os mortos —, cuidado com o drakk!...

Quando o barulho se interrompeu, um jato espesso de fumaça escapou da capela. Pfffff! A terra tremeu! O garoto sentiu as pernas bambas. Abriu os braços para recuperar o equilíbrio.

— O que está acontecendo?

O tremor prolongou-se. Repercutiu até na coluna vertebral do menino. E recomeçou o ronco, mais potente...

— Mas, ora essa! — exclamou Périk. — Será que estão perfurando um túnel?

O estrondo continuou a se avolumar. Deslocava-se por baixo da terra com raspões e choques, seguidos por barulhos de desmoronamento, como se lá embaixo houvesse uma rocha ruindo sob batidas não identificadas. Perdendo o equilíbrio, o menino inclinou-se para o lado e se agarrou com uma das mãos a uma laje sepulcral. Ainda teve tempo de ver o telhado da capela esfumaçada levantar-se, as paredes racharem-se e as telhas caírem junto com os escombros. A capela vomitou um longo penacho de fumaça acima das nuvens de poeira. Pfffffffff!

— Uu... Uu... — murmuraram os mortos —, cuidado com o drakk... não convém ficar aí...

O menino havia recobrado o equilíbrio. Observou a capela. Estava prestes a dar no pé quando o ronco recomeçou. A terra estremeceu longamente e Périk teve de se agarrar à pedra sepulcral para se manter de pé...

— Estou bem em cima da máquina! — exclamou...

As vibrações faziam-no bater os dentes. Sons de arranhar e raspar pontuavam o barulho persistente. Um abalo mais violento fez as coroas de flores e os enfeites de vidro chacoalharem. Algumas lápides das cabeceiras dos túmulos se inclinaram. Diante do menino estupefato, a capela vacilou. Suas paredes afastaram-se. O teto, desprovido de apoio, desabou. As pedras e telhas rolaram pelo chão, ao mesmo tempo em que uma nuvem de fumaça elevou-se dos escombros: Pffffffff!

Depois, mais nada. Périk ergueu-se e se sacudiu, porque a poeira, levantada como um cogumelo, caíra por toda parte sobre as sepulturas. O menino tossiu e protestou:

— Eles são malucos! Vão quebrar tudo!

Alguma coisa se mexeu sob o entulho. O garoto esticou o pescoço para ver melhor. Uma coisa escura se mexia por baixo dos escombros e revolvia os detritos e a terra sobre seu dorso, à medida que se avolumava. Os mortos murmuraram:

— Uu... Uu... o drakk... é o drakk...

— Que é isso? — perguntou Périk. — É uma máquina de terraplenagem?

A coisa não tinha o aspecto de uma perfuradora nem de uma escavadeira. Era arredondada e coberta de placas (nesse momento, Périk pôde identificá-las, agora que a poeira havia baixado), umas por cima das outras. E inflava, desinflava e tornava a inflar. O estrondo tornara-se mais surdo. E, de repente, a coisa mergulhou! Praaaaac! Os escombros foram tragados pela cratera que ela deixou ao afundar. O ronco explodiu, mais forte, porém sempre subterrâneo. A terra tremeu. O cemitério sofreu um abalo brutal. Périk agarrou-se com os dois braços à pedra tumular mais próxima, porém afastou-se ao sentir que ela se mexia. Deu um pulo para trás no instante em que ela oscilou sobre sua base. A pedra desabou na grama. Outras ao redor tiveram o mesmo destino. O ronco tornou-se ensurdecedor, com barulhos de atrito e abalos mais freqüentes. Diversos buracos abriram-se ao mesmo tempo a poucos passos do menino, como se a terra estivesse desaparecendo. Túmulos desmoronaram pesadamente, logo sendo tragados...

— Mamãe! — gritou Périk.

A terra abriu-se diante dele, como uma grande trincheira saindo da capela destruída. A coisa arredondada ergueu seu dorso escamado, empurrou a terra e derrubou as pedras. Avançava em ziguezagues, escalando a terra à sua passagem, em direção ao muro. Jatos de vapor brotavam do solo esquartejado...

— Eles furaram a tubulação do aquecimento urbano! — exclamou Périk.

O ronco parou. A calma voltou, insólita. Os mortos murmuraram:

— Uu... Uu... ainda não acabou...

O menino podia pressenti-lo. Jatos de vapor, como suspiros espantosos, escapavam da terra revolvida. Entre as lajes sepulcrais, umas caídas sobre as outras, dos dois lados da trincheira profunda, caixões enviesados emergiam das covas. A terra, devastada pelo efeito de um rastejar extraordinário, acumulava-se aqui e ali, em volta do dorso arredondado. O menino correu para procurar abrigo longe dali, no instante em que o dorso elevou-se como uma colina, acima dos telhados das capelas. O ronco foi aterrador. A coisa, parcialmente desenterrada, tinha uma couraça de placas espessas, que rangiam ao roçar umas nas outras. Périk exclamou:

— São escamas! A coisa está respirando!

Ele havia demorado a compreender, mas agora sabia que uma criatura vivia embaixo do cemitério e que eram suas costas que se arrancavam do solo, com grande estardalhaço...

— Mamãe!

O dorso monstruoso arredondou-se e se ampliou. Uma incrível coluna vertebral ia devastando a terra por baixo, arrancando arbustos pela raiz, demolindo os alicerces das capelas e cavando fossos à sua passagem extravagante. Uma cabeça chifruda e abominável saiu dos escombros e se ergueu bem alto no ar.

— Uu... Uu... cuidado com o jato de vapor — murmuraram os mortos.

O menino deitou-se no chão no instante em que o monstro cuspiu. Um sopro ardente passou por cima dos túmulos e torrou os galhos dos ciprestes. Tudo tremeu. A besta batia com os pés no chão. Bum! Bum! Périk viu a pesada cruz de pedra acima dele oscilar. Rolou de lado, para escapar de sua queda desarticulada. Bum! Bum!

Bum! Os pés do dragão colossal martelavam o subsolo com furor. O menino arriscou uma olhadela entre as moitas de arbustos queimados: a cabeça fumegante balançava-se acima do cemitério devastado, qual um mastro de navio na tempestade. A bocarra vomitava uma baba repugnante...

— Vá embora! Vá embora! — soluçou o menino, aterrorizado. — Vá embora, besta infernal!

O monstro levantou a cabeça, com um ranger de escamas. Suas narinas emitiram um jato duplo de vapor em direção ao céu vermelho. Pffff! Pffff! Depois, baixando o pescoço interminável, o dragão deu um giro. Seu corpo monumental arrancou enormes massas de terra ao se virar.

Apesar do perigo, Périk pusera-se de pé para ver melhor. Avistou uma pata munida de garras enormes, mas ela afundou na trincheira. O dragão estava girando em volta do próprio corpo, sem sair da trincheira que havia cavado. Calcava o fundo com os pés: Bum! Bum! E soltava longos jatos de vapor, ao mesmo tempo que seu corpo enterrava-se mais fundo. Périk arriscou-se a ficar de pé sobre uma laje sepulcral que fora poupada, para ver o dorso da criatura mais uma vez. O ronco atenuou-se. O monstro desapareceu na cavidade prodigiosa. Ainda ouviram-se alguns rangidos, e pequenos sopros de vapor escaparam dos túmulos abertos...

— Uu... Uu... ele afundou — murmuraram os mortos. — O drakk voltou para sua caverna...

Assim como uma baleia surgida das profundezas marinhas torna a mergulhar no fundo dos oceanos, a besta retornou às entranhas da terra. O ronco foi ficando mais fraco, mais fraco. Para ouvi-lo, Périk deitou-se no chão, com o ouvido colado no solo. Quando não escutou mais nada, levantou-se e sacudiu a poeira. À sua frente, uma longa e profunda trincheira devastava o Cemitério de São Patrício.

Pessoas vieram correndo da rua Bretanha e todas ficaram assombradas. Falou-se de trabalhos mal organizados, de acidente, de danos a serem reparados, de encontrar os responsáveis para financiar o conserto do local. O menino conhecia o responsável. E juro a vocês que não tinha a menor vontade de que ele fosse encontrado!

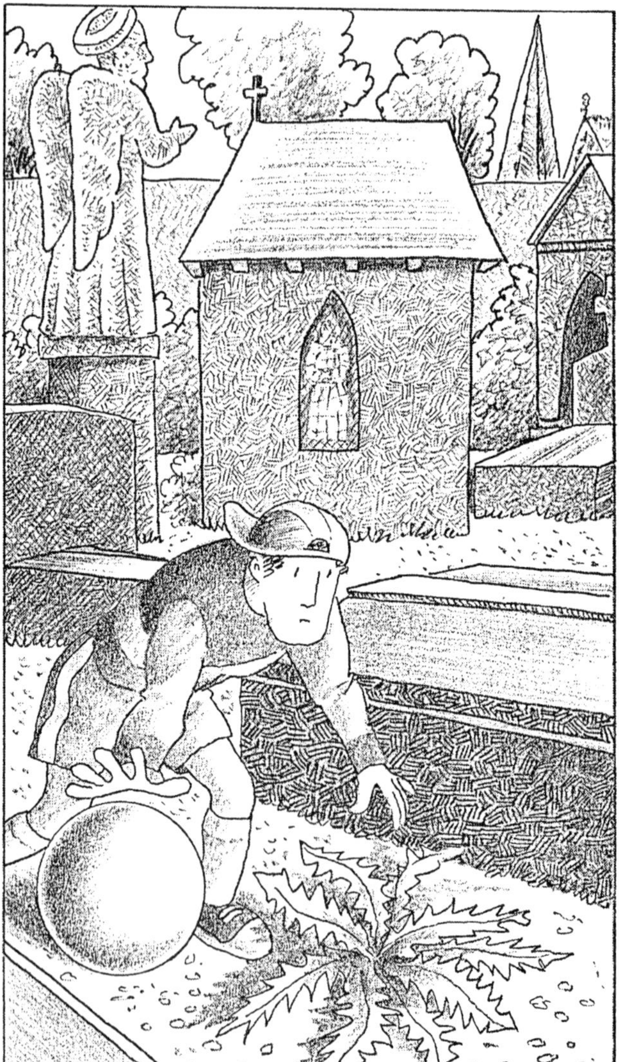

NADA DE DENTE-DE-LEÃO PARA JEAN-MARIE   7

Quando se abaixava no cemitério para pegar sua bola, Jean-Marie ouviu:
— Olá... Olá...
Ficou imóvel, incrédulo. A voz repetiu:
— Olá... Olá...
Sempre disposto a fazer ou dizer besteiras, Jean-Marie respondeu:
— Olh'água... Olh'água... Tem água nas tubulações!
E, muito satisfeito consigo mesmo, já ia esticando o braço para pegar a bola, quando ficou intrigado com um grande dente-de-leão à sua frente. O dente-de-leão estrebuchava! Suas folhas denteadas erguiam-se, esticavam-se, enrolavam-se e tornavam a se desenrolar, como aquelas línguas-de-sogra em que a gente sopra.

— Ora essa! — exclamou o menino. — É um dente-de-leão de parque de diversões!

Segurou as folhas com a mão direita e deu-lhes um puxão seco para cima. Nenhum efeito. O dente-de-leão continuou no chão. Em contrapartida, a voz de pouco antes disse:

— Ai, ô!

Jean-Marie concentrou-se de novo em juntar as folhas do dente-de-leão, levantando-as por baixo. Ouviu uma risada:

— Hi-hi-hi!

Agarrou as folhas e deu um forte puxão para cima. O dente-de-leão continuou bem fincado. A terra se levantara um pouco a seu redor. A mesma voz de antes comentou:

— Ai, ô!

O menino franziu os lábios:

— Vou pegar você! — resmungou entre os dentes.

Afastou as pernas, com os pés bem fincados no chão, e curvou o tronco, com as mãos agarradas na planta. Contou baixinho, balançando-se de frente para trás e de trás para a frente:

— Um!... Dois!... Três!

No três, esticou-se bruscamente e se levantou, puxando o dente-de-leão com toda a força. A terra se abriu e o menino caiu de costas. Acabara de arrancar o dente-de-leão... mas, agarrada pelos dentes à raiz, lá estava uma caveira!

— Ah! — gritou o garoto, levando um susto.

E recuou seis passos:

— Aieee!

Havia-se chocado com uma laje sepulcral, junto à qual se encolheu, de cócoras. A caveira era abominável. Na pele, endurecida como um pedaço de couro velho e curtido, havia alguns fios de cabelo grudados. Pareciam fiapos de estopa. E aquele horror sem olhos começou a falar:

— Estou eu aqui fora por sua causa!

— Ahn... eu... eu não sabia... — defendeu-se Jean-Marie. — Vi o dente-de-leão se mexer... Eu... eu não sabia que você estava na outra ponta...

— Ora, vamos! — protestou a cabeça. — Então não sabe que, no cemitério, a gente come dentes-de-leão pela raiz?

— Ahn... eu... Não... — admitiu o menino.

Um murmúrio de protestos correu de uma sepultura a outra. Os defuntos manifestaram-se:

— Uu... Uu... ele não conhece a expressão...

— Uu... Uu... já não ensinam mais nada na escola...

— Que expressão? — perguntou Jean-Marie, levantando-se, com as costas grudadas na laje tumular.

— Que expressão?!? — repetiu a cabeça hirsuta. — Ora, diacho! A expressão "comer dentes-de-leão pela raiz"![1] Você não a conhece?

— Não — desculpou-se o menino.

Os defuntos não gostaram:

— Uu... Uu... as crianças de hoje não sabem mais nada!

— Uu... Uu... aposto que também não conhecem a expressão "vestir o paletó de madeira"...

---

[1] Assim se diz na França para falar de alguém que morreu. Por aqui, é mais comum dizermos "comer capim pela raiz", "esticar o pernil", "virar presunto". (*N. da T.*)

— Uu... Uu... nem tampouco "esticar as canelas"... É uma vergonha!

— Esperem aí! — defendeu-se Jean-Marie. — Essa eu conheço! Quer dizer "morrer"!

— E não conhece "comer dentes-de-leão pela raiz"? — espantou-se a caveira.

— Não se pode saber tudo — disse Jean-Marie.

— Nesse caso — disse a caveira —, eu o perdôo...

Enquanto ela falava, seus dentes trabalhavam na raiz branca, como que para roê-la. Era pavoroso, mas, ao mesmo tempo, tinha o efeito de um brinquedo mecânico. Jean-Marie gaguejou:

— Obri... obrigado. Eu... eu posso ir embora?

— Um momento! — disse a caveira. — Não está pensando em me abandonar assim, no meio da alameda, está?

— Ahn,.. Eu... Ahn... Não...

Jean-Marie fitou a caveira. Os cabelos ralos tremiam ao vento da tarde, enquanto os dentes esverdeados cravavam-se na raiz como num torrão de açúcar. A um metro dali, havia um buraco aberto no chão. Era de onde a cabeça imunda fora extirpada, junto com a planta. Os mortos murmuraram, mais ameaçadores:

— Uu... Uu... isso não se faz, deixar uma caveira na alameda...

— Uu... Uu... seria uma falta de respeito...

— Uu... Uu... seria uma falta de respeito a todos nós...

A caveira retomou a palavra:

— Reponha-me em meu buraco, e trate de andar depressa!

— Eu... eu... eu... — balbuciou Jean-Marie, com repugnância.

Recuou. Não se sentia capaz de pegar aquela caveira e muito menos de recolocá-la na terra. Os defuntos reagiram:

— Uu... Uu... ele tirou uma caveira da terra dos mortos...

— Uu... Uu... tem de devolvê-la...

Jean-Marie respirou fundo. Seus punhos se crisparam. Tentou justificar-se:

— Eu... Eu não sabia que ele... que o senhor estava agarrado no dente-de-leão, e eu... eu...

E, de repente, o menino decidiu-se e perguntou:

— Está bem. O que é que eu devo fazer?

— Já não é sem tempo! — aprovou a caveira. — Você vai me recolocar no buraco e pôr o dente-de-leão por cima.

— Sim... Sim — disse Jean-Marie, trincando os dentes para tomar coragem. — Vou recolocar a caveira no buraco.

Deu dois passos adiante. Estendeu o braço em direção à cabeça, sem se decidir a tocá-la. Seus dedos tremiam...

— Não tenha medo — disse a caveira repugnante —, não vou mordê-lo!

Os mortos começaram a rir no cemitério. Jean-Marie deu mais um passo e se agachou, com as mãos estendidas para a caveira. Mas a repulsa foi mais forte. O menino tornou a se levantar, balbuciando, atrapalhado:

— Eu... Eu não consigo!

— Vamos! Faça um esforço! — incentivou a caveira. — Nada é impossível para o homem, ele mesmo é quem diz.

Os defuntos deram risinhos.

— Eu... Eu não posso... — confessou Jean-Marie, todo envergonhado, diante da caveira cravada no dente-de-leão.

— Uu... Uu... como ele é medroso! — zombaram os mortos.

— Só queria ver se vocês estivessem nessa situação! — retrucou o menino.

— Uu... Uu... mas nós estamos! — protestaram os mortos, e caíram na gargalhada.

O menino se defendeu:

— Não sou medroso. Mas... isso...

Apontou para a caveira. Insultados, os mortos murmuraram:

— Uu... Uu... ele nos despreza, está cuspindo na nossa cara...

— É claro que não! — exclamou Jean-Marie. — Só que não estou acostumado!

Os defuntos se acalmaram. Um deles interveio:

— Uu... Uu... vai ver que esse é o primeiro defunto que o garoto vê, não é?

— É verdade — disse Jean-Marie.

— Uu... Uu... — compadeceram-se os mortos — é diferente dos mortos dos filmes ou das revistas em quadrinhos, não é mesmo?

— E como! — confirmou Jean-Marie, com um sorriso amargo. — É bem diferente mesmo!

Mas ele sabia que seria preciso um grande esforço e que a caveira não podia ficar na alameda. Engoliu uma boa tragada de ar e disse:

— Vou tentar...

— Bravo! — exclamou a caveira, com uma expressão apavorante.

— Uu... Uu... não tenha medo — murmuraram os defuntos.

— Uu... Uu... não tenha medo, guri, e nós lhe revelaremos o segredo da pedra — prometeu uma defunta.

A promessa provocou uma enxurrada de protestos:

— Uu... Uu... nem pensar! Não temos o direito de revelá-lo a ninguém! Não! Não!

— Uu... Uu... qual é o problema? — recomeçou a defunta que já se manifestara a favor do menino.

— Uu... Uu... é a lei! Nunca contamos o segredo a ninguém! — protestaram os outros. — Não vamos fazer isso agora!

As opiniões dos mortos se dividiram. Jean-Marie ouviu a briga entre eles. Havia duas facções: a que concordava em revelar o segredo da pedra e a que se recusava a fazê-lo.

Jean-Marie deu de ombros. Não estava interessado nessas conversas de defuntos. Em contrapartida, a caveira pavorosa que lançava nele suas órbitas sem olhos era muito real!

— Ora, calem a boca, mortos! — grunhiu o menino. — Ninguém mais se entende!

E se inclinou, com as mãos estendidas, para pegar o dente-de-leão. Juntou as folhas, esforçando-se por não encostar no crânio. A seu redor, sob o sol da tardinha, o cemitério se havia calado. Um silêncio... de morte. Hi-hi-hi! O garoto, rindo nervosamente do trocadilho, agarrou as folhas com uma das mãos e puxou, recomendando à cabeça:

— Não solte a raiz!

— Não há perigo! — respondeu a caveira. Na hora errada, infelizmente, pois abriu os maxilares para falar no instante em que o menino levantava o dente-de-leão, de modo que a planta foi suspensa sem ela.

A caveira ficou no chão.

— Droga! — exclamou o menino, contrariado. — Eu lhe disse para não soltar a raiz!

Os mortos murmuraram. A caveira desculpou-se:

— Foi minha culpa, reconheço! Devolva-me a raiz!

Os mortos resmungavam. Jean-Marie bateu com o pé no chão:

— Afinal, vocês querem calar a boca, em vez de ficar tagarelando feito matracas?

Baixou o dente-de-leão diante da caveira imunda e, zás!, os maxilares o trincaram como uma armadilha para lobos. O menino fechou os olhos.

A voz resmungou, com os dentes cravados na raiz:

— Estou segurando!

— Não solte mais! — ordenou o menino.

Contou até três e, no três, levantou o conjunto pelas folhas, com as duas mãos. Que pesadelo! A caveira agarrava-se pelos dentes à raiz branca e seus cabelos ralos esvoaçavam como pequenas raízes. O menino gritou, mais para espantar o medo do que por necessidade:

— E trate de não soltá-la! Não fale!

— 'ão! — respondeu a caveira.

O cemitério prendeu a respiração. O menino levantou o peso acima do buraco. Era preciso mirar direito para depositá-lo, e ele acertou a mira. A caveira encaixou-se no orifício. O garoto fez com que ela entrasse mais fundo, empurrando o conjunto de folhas.

— Não solte a raiz! Não solte a raiz! — repetia, e fechava os olhos, para escapar ao espetáculo insuportável.

— 'ão! 'ão! — respondia a caveira enterrada.

Ela ficou no nível do chão. O menino repôs o dente-de-leão por cima e espalhou suas folhas em estrela. Mas o sepultamento mostrou-se insuficiente: a planta formou uma espécie de calombo na alameda.

Jean-Marie ponderou:

— Será que devo empurrar o dente-de-leão?

— Sim! Empurre! — respondeu a cabeça enterrada. — Ainda não encontrei minhas vértebras do pescoço!

O menino ajoelhou-se e pôs as mãos espalmadas sobre as folhas, esforçando-se por evitar qualquer contato com o couro cabeludo do defunto. Apoiou-se com todo o seu peso sobre o dente-de-leão. A caveira afundou. Agora, a planta estava bem achatada no chão. O garoto só teve de juntar a terra que fora espalhada quando a havia arrancado e introduzi-la por entre a folhagem. Aliviado, levantou-se:

— Trabalho encerrado!

— Perfeito! — agradeceu a caveira sepultada.

Os mortos suspiraram, satisfeitos. O menino perguntou:

— Precisa de mais alguma coisa?

— Não — respondeu a cabeça. — Muito obrigado.

— Então, estou indo — disse Jean-Marie. Pegou sua bola.

— Uu... Uu... vou revelar-lhe o segredo! — anunciou a voz da defunta que o menino já tinha escutado.

— Uu... Uu... não convém — protestaram outras vozes, só que claramente menos numerosas do que antes.

— Uu... Uu... de que nos adianta guardar esse tesouro? — recomeçou a defunta, com a aprovação de alguns colegas.

— Uu... Uu... não convém, é a regra...

— Uu... Uu... o menino portou-se bem, não se atrapalhou...

— Uu... Uu... é verdade...

— Uu... Uu... ele é apenas um menino! — recomeçou a voz da defunta. — Foi o primeiro morto que viu, podia ter fugido em disparada!

— Uu... Uu... é verdade...

— Eu lhes garanto — disse então a voz da caveira enterrada, — que ele me repôs no lugar de maneira impecável.

— Uu... Uu... vou contar-lhe o segredo! — decidiu a morta.

Dessa vez, não houve mais protestos. Jean-Marie havia parado, com a bola embaixo do braço.

— Eu é que vou contar a ele! — anunciou a caveira.

— Uu... Uu... sim! — aprovou a voz da defunta. — E quem não estiver de acordo, que vá cozinhar um ovo!

Os mortos gargalhavam:

— Uu... Uu... um ovo! Essa é boa! Ovo quente! Estrelado! Na omelete!

— Uu... Uu... — acrescentou outro, hilário —, pensei que ela nos estivesse mandando plantar batatas!

O cemitério ria de chorar:

— Uu... Uu... parem! Vou fazer xixi na mortalha!

Jean-Marie abanou a cabeça com indulgência. Já se preparava para ir embora, quando ouviu:

— Alô... Alô...

Era a voz da caveira. Seu dono devia ter trabalhado na companhia telefônica quando era vivo. Imediatamente, os defuntos tornaram a ficar atentos, para não perder nada da mensagem.

— Estou ouvindo! — disse Jean-Marie.

A voz assumiu um tom oficial:

— Alô... Alô... Há no cemitério uma pedra vertical...

— Eu a conheço! — disse Jean-Marie.

— Não interrompa! — recomeçou a voz. — Alô... Alô...

— Estou ouvindo...

— Embaixo da pedra esconde-se um tesouro...

— É? — disse Jean-Marie.

— Alô... Alô... Não se deve virar a pedra, porque ela é sagrada...

— É mesmo?

— Alô... Alô... Não se deve virar a pedra...

— Você já disse isso — resmungou o menino.

— Alô... Alô... É preciso esperar que ela saia do lugar sozinha...

O menino soltou uma gargalhada:

— Sei, vá falando!

— Alô... Alô... A pedra sai do lugar ao terceiro cantar do galo...

O menino ria:

— Não me diga!

— Alô... Alô... A pedra se move ao terceiro cantar do galo... Dá a volta no cemitério, rolando sobre si mesma às cambalhotas, e torna a se acomodar sozinha em seu buraco...

— Que conversa mole!

— Alô... Alô... É preciso pegar o tesouro antes que ela volte, sob pena de ser esmagado e ficar lá embaixo!

— Que gozador!

— Alô... Alô... Fim da mensagem!

A voz calou-se. O menino estava perplexo. Coçou o queixo, coçou a bochecha, coçou a cabeça, coçou a costela, coçou o traseiro...

— Uu... Uu... ele está com pulgas? — divertiu-se um defunto, e todo o cemitério riu com ele.

Jean-Marie parou. Sorriu e disse:

— Ei, mortos!

Mas, nesse momento, eles não responderam mais. Sujeitinhos danados!

Jean-Marie fez meia-volta, com a bola embaixo do braço, em direção à pedra vertical. Ela ficava nos fundos do cemitério, na parte mais antiga. Seria possível que se mexesse? Jean-Marie ergueu os ombros, postando-se diante dela. A pedra tinha o dobro de sua altura. Na escola, o professor a chamava de menir. O menino soltou a bola para tocá-la. Depois, empurrou-a. A rocha não se moveu nem um milímetro.

— Não, é impossível! — decidiu o garoto.

Ao mesmo tempo, virou-se para trás, na expectativa de uma confirmação ou uma negação dos defuntos. Mas eles continuaram em silêncio. Jean-Marie se interrogou. Será que a pedra se mexia? O que tinha dito a caveira? Ao terceiro cantar do galo? O menino não ia voltar ao cemitério ao amanhecer! Endireitou-se e, de brincadeira, cocoricou com todas as forças (uma boa imitação, aliás):

— Cocorocooooó!

Ah! A pedra estremeceu de cima a baixo! Estupefato, o menino deu três passos para trás. Os defuntos não tinham mentido. Olhou em volta. O sol projetava as sombras das capelas e das sepulturas nas alamedas amareladas. Jean-Marie pôs as mãos nas cadeiras, com os cotovelos afastados como asas de galinha:

— Cocorocooooooóó! — cantou, melhor ainda que da primeira vez.

A pedra tremeu, balançou para a direita e para a esquerda, como que para se descolar da base. Jean-Marie não esperou mais:

— Cocorocoooooooooóóó! — cantou.

A pedra se mexeu! Uma guinada para a direita, uma guinada para a esquerda, uma guinada para a direita! E, de repente, virou e caiu no chão! Plaft! O menino correu para se proteger numa sepultura. Mas a pedra, indiferente à sua presença, já estava se levantando, com a cabeça no chão e a base para cima, num equilíbrio instável. Tornou a desabar e se levantou outra vez. A base voltou para o chão, com o cume virado para o céu. A pedra estava em movimento! Não parava mais! Rolava da base para a cabeça e da cabeça para a base. E assim foi se afastando, dando cambalhotas ao longo do muro do cemitério! Era óbvio que se preparava para dar a volta completa por dentro do muro, e se deslocava muito depressa. Não precisaria de mais de dois minutos para fazer seu passeio completo...

— Depressa! — exclamou Jean-Marie.

No fundo do buraco, havia alguma coisa brilhando.

— Moedas de ouro!

O menino virou a cabeça na direção do barulho feito pelas cambalhotas sucessivas da pedra rolante. Plaft! Plaft! Plaft! Ela havia chegado à primeira esquina e fazia uma pirueta para percorrer o segundo lado do cemitério...

— Depressa! Depressa!

Jean-Marie pulou para dentro do buraco e foi pegando as moedas às mãos-cheias e jogando-as em direção à alameda...

— Depois eu pego! Depressa!

Espichou os ouvidos. A pedra sacolejava ao longo do segundo muro e se aproximava da terceira esquina...

— Rápido! Rápido!

O menino atirava moedas e terra por cima da borda do buraco. A barulheira da pedra acabara de mudar de direção; ela estava dando cambalhotas ao longo do terceiro muro...

— Ainda tenho tempo! Depressa!

Jean-Marie trabalhava febrilmente. As moedas retiradas iam caindo sobre os túmulos de mármore, com um tilintar cristalino, ou então rolavam pela alameda. O menino ria. Plaft! Plaft! O barulho estava voltando, ficando mais forte! Plaft! Plaft! A pedra havia passado pela última esquina e vinha chegando a seu buraco...

— Mamãe! — gritou o menino...

Quis pular para fora do buraco. A pedra corria entre as capelas, a vinte metros de distância! Plaft! Plaft! Agarrado à borda, mas olhando para trás, o menino se soltou e caiu de costas, gritando de pavor:

— Mamãe!

Plaft! Plaft! Mais de três ou quatro toneladas de pedra maciça iam voltando para seu lugar! Jean-Marie pulou para fora do buraco no instante em que ela tornava a entrar! O menino mergulhou de lado, para lhe dar passagem. A pedra se reinstalou com brutalidade. Plaaaaaft! O barulho ressoou longamente. A pedra ainda mexeu um pouco para a esquerda e para a direita, para se reaprumar. E ficou imóvel. O menino levantou-se, todo trêmulo...

— Era... Era... Era verdade... — balbuciou.

Estava ofegante, com o coração batendo em ritmo de *rock'n roll*. Tirou o lenço do bolso e enxugou a testa, as faces e o pescoço. Só então pensou nas moedas. Elas brilhavam a seu redor, sob o sol poente, como uma chuva de lágrimas. O menino pôs-se a rir, nervosamente:

— Obrigado! Obrigado, mortos!

E foi repetindo "obrigado", "obrigado", "obrigado", enquanto engatinhava pela alameda para recuperar seu tesouro. Quando acabou de encher os bolsos, enfiou outras moedas dentro da camisa. Ria e repetia "obrigado", "obrigado". E continuava a repeti-lo ao tomar a saída do cemitério em direção à rua Bretanha, onde morava...

Os mortos murmuraram às suas costas:

— Uu... Uu... é muito educado esse menino...

— Uu... Uu... é, mas esqueceu a bola..

— Uu... Uu... melhor assim, esta noite jogaremos futebol...

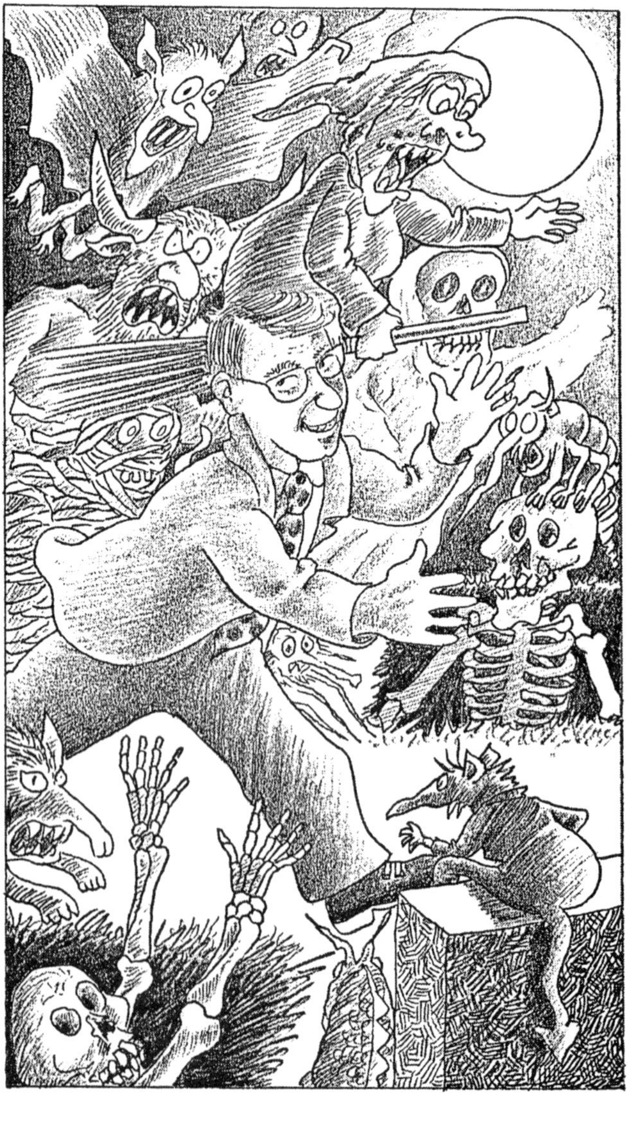

EPÍLOGO

Ficou com medo? Eu também. Estou com o coração *pilpatando*. Imagine só que eu havia parado diante do túmulo de um defunto chamado Lockente. Seu prenome me fez dar gargalhadas. E nem podia ser de outro jeito: Bonifácio, ou Bô, para os íntimos. Hi-hi-hi! Bô Lockente! É muito bom com café com leite! Mas o defunto aborreceu-se, fez uma tempestade em copo d'água! Fugi em passo de maratonista.

Agora, estou tentando voltar para casa, mas há umas coisas esquisitas me perseguindo. Parecem umas fumaças negras, pairando em feixes sobre minha cabeça! A coisa se remexe e gorgoleja! Vejo carrancas fazendo caretas. Sinto que comecei mal. Poderei me safar, se sair desta. Se não sair, fico por aqui! E aí, não poderei mais contar essas tolices de arrepiar os cabelos, e será melhor para os carecas.

Mas, até lá, esconda bem o nariz embaixo das cobertas. Evite bater os dentes ou chamar sua mãe, porque o barulho atrai os fantasmas. (E não faça xixi na cama, porque seus pais não me perdoariam.)

Mando-lhe uma chuva de beijos da Bretanha!

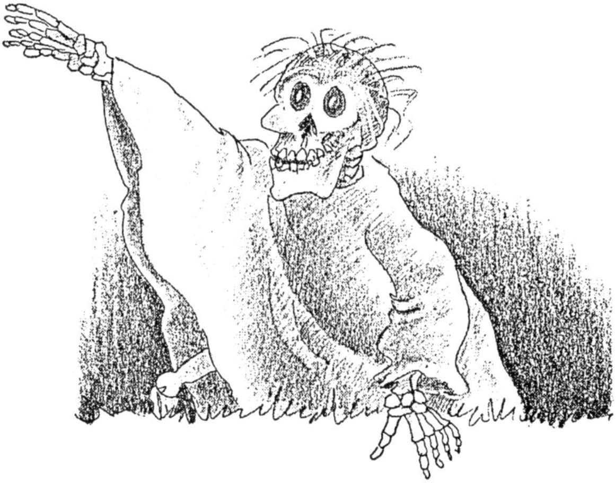

Yak Rivais nasceu em Fougères, em 1939. *ProfEscritor*, escreve muito para crianças e recebeu inúmeros prêmios por seus contos e seus jogos literários. Também escreveu para adultos (Prêmio de Humor Negro, Prêmio de Anticonformismo, Prêmio Bretanha) e, profissionalmente, para professores. Ele mesmo ilustra suas histórias.

Este livro foi impresso nas oficinas da
DISTRIBUIDORA RECORD DE SERVIÇOS DE IMPRENSA S.A.
Rua Argentina, 171 – Rio de Janeiro, RJ
para a
EDITORA JOSÉ OLYMPIO LTDA.
em dezembro de 2004

*

73º aniversário desta Casa de livros, fundada em 29.11.1931